ハヤカワ文庫JA

〈JA1404〉

# JKハルは異世界で娼婦になった

平鳥コウ

目　次

# JKハルは異世界で娼婦になった

# ＪＫハルの就活

あたしがこっちの世界に来てまず一番ウケたのが避妊具が草ってことで、「やべ、草生える」って爆笑したら、「生えませんよ」とマダムは真顔で言った。

「あなたスキネ草も知らないの？　この辺じゃどこの薬草屋にも売ってるけど。ずいぶん田舎から出てきたのねえ」

　スマホどころかネットも電話も、そもそも電気もねぇ車も走ってねぇの世界の人によりにもよって田舎呼ばわりなんて、東京のみんなマジごめん。都市《とし》辱《じょく》だよね。

　でもこっちの世界じゃ、ここはどうやら都会の街らしいんだ。ついさっき、オークとかいうモンスターに子どもがさらわれたみたいなんだけど、そんな事件が街のすぐ外で起こっているのに都会なんだって。あたしそんなの世界仰天ニュースでしか聞いたことないけどね。

だけど、これからはこのファンタジーな人たちとあたしは仲良く生きなきゃならない。さもないとオークのエサだ。

草なんて生やしてないで、真面目に話を聞かないと。

「お客さんと寝る前に、この草をドロドロになるまですり潰したものを奥に塗り込んでおくの。指に載るくらいでいいのよ。終わったらザーメンと一緒にかき出して洗って、次のお客さんが来る前にまた塗るわけ」

マダムは自分のことマダムと呼ばせるくらいの美熟女で、娼館のオーナーとは思えないくらい上品な人だった。そんな人が「ザーメン」とかサラッと言うのエロいと思った。当たり前だけど、説明するの慣れてるし照れとかないんだよね。

あたし、フーゾクで働くんだなって実感した。

「避妊も知らないなんて、あなた男と寝たことあるの？」

「んっと、十人くらいは」

「あら、若いわりに遊んでるのね。年はいくつ？」

「じゅ……十九？　ほぼ二十くらいです」

「ウソはつかなくてもいいのよ。うちは十四くらいから働いてる子もいるし」

「あ、そうなんですか。すみません、あたしのとこは十八才未満はこういう仕事禁止だったんで」

マダムは目を丸くして、「それなのに十人と寝たなんて結構なものね」とコロコロ笑った。

じつは中学のときにちょっとだけ援交してた。てかそれも信じてた友だちに騙されてたってか、利用されてたっぽくてすぐやめたんだけど。

それ以外はだいたい彼氏になった男とだけだったし、浮気とかそんなしないほうだったし。

ただ実際に寝た男はたぶん十人とかじゃきかないけど、まあ、思い出すの面倒だからそのくらいで。

こんなあたしだから、知らない世界に放り出されてできそうな仕事って、やっぱりエッチを売るくらいしかなかった。

こういうこと二度としないって思ってたし、マジでお父さんお母さんゴメンなさいだけど、今回のは生きてくためだし。仕方ないよね。

「いいわよ。採用。あなた人気出そうだしね。『夜想《やそう》の青猫亭《あおねこてい》』へようこそ、ハルちゃん」

「よろしくお願いしま〜す」

「みんなに紹介するから、今日のところは下の酒場のほうだけ手伝ってちょうだい。お客さんを取るのは、うちのルール覚えてからね」

「はーい」

こうしてあたしは、異世界で娼婦になった。

元の高校生活には未練しかないんだけど、一回死んで飛ばされてしまった世界だし、帰れるような話も全然ないし、とりあえずがんばって生きてくしかない。

JK小山《こやま》ハルの人生は、オタクくさいソシャゲみたいな世界で、ひっそりと春を売ることでリスタートするのだった。

＊

というかわいそうな感じで始めた娼館暮らしだけど、わりとすぐ慣れてしまった。

毎日酒場で給仕して、お客さんにお愛想とたまにパンチラを振りまき、声をかけてきたお客さんと寝て、終わったら手早く体洗ってまた酒場に戻って、夜遅くまで働いてる。

向こうでいうソープなんだから黙ってベッドで待ってればいいのかと思ったけど、こちらの世界では娼館ってのは酒場とほぼイコールみたいなもんで、もちろん世間には普通の酒場もあるけどだいたい女とセットみたいな、合理的っちゃー合理的なアミューズメントになっている。

こっちの世界は魔王とかいうのが暴れていてモンスターとかも出るようなクソ田舎なんだけど、あたしたちの働いている街はその魔王軍と戦う最前線らしく、兵隊の人たちも野良ファイターの人たちも、それをあてにした商売の人たちも大勢集まる土地なので、客に困るようなことはない。

酒。女。そしてむさ苦しい男たちの笑い声で今夜も大繁盛だ。

「そりゃあ俺の両手斧《おの》がぶった斬れねえモンスターはいねえからな。このへんじゃ誰でも知ってるぜ」

「えー、すごーい。腕も太～い。触ってもいい？」

こういうテーブルトークの相手するだけでも、少しはお金になったりする。

あたしにもそれなりに固定客なんか付いたりして、たまにはおいしいものとか奢《おご》ってもらえたり、チップで下着を買えるくらいには生活も安定してきてた。

今月の売り上げレースでは今のところ七位だ。

十八人も嬢がいる中で七位とは新人にしては結構やる感じ？　まあ、週二くらいしか来ない主婦とか昼の仕事とかけもちでやってる嬢もいるにしても、悪くない成績じゃないかなってあたしは思っている。

「あ、そろそろお時間でーす。どうします？　お二階に延長します～？」

「もうそんな時間か？　あんた、面白い子だな。でもちょっと俺のチンポにはガキすぎる。またな。がはは っ」

でも、なかなか五位の壁を突破できないのが最近のちょっとした悩み。

売り始めの月にやられまくって五位になってからは、よくて六～七位あたりをずうっと彷徨《さまよ》ってるのだ。

まだまだ新人だし余裕と思ってるんだけど、高校ではわりとモテてたし見た目にはちょっと自信もあったし、今の神ファイブを超える嬢はあたしでは、とか密かに思ってたので軽く自分に失望中である。

……おっぱいか。

やはり、おっぱいが足りないのか。

などと口をへの字にしてテーブルを拭いていると、「小山」と名字で呼ばれた。

基本、出身地を名乗る以外に庶民に名字のないこの世界で、あたしの名字を知るのは一人しかいない。

千葉《ちば》セイジ。

こっちの世界に一緒に飛ばされてきた、かつての同級生だ。

「千葉、あたしは店じゃハルだってば。ちゃんと呼んでよ」

「あ、うん。ハ、ハル……ね。そう呼んでほしいんなら、なるべくそうする」

「どうする？　カウンターでいい？」

「あー、うん。いつもの席で」

「どこだっけ？」

「そ、そこの隅っこ」

「はい、一名様ごあんな〜い」

千葉は相変わらずキョドった態度で変な笑みを浮かべてる。

職業『冒険者』とかいう、この街にはありふれたモンスター退治とか探索とかで生活している千葉は、会うたびに顔つきはちょっとずつ男っぽくなっていくけど、陰気キャラで何考えてんのかわかんないとこは変わんない。あたし、陰キャは昔から苦手だ。

同じ中学校だった人の話では中二病で有名だった時期もあったとかで、なんか相当痛かったらしい。最近、こっちで染めた赤い髪をカチカチに固めてるんだけど、それが本当に似合ってないっていうか、変な方向にくねった前髪もカープの帽子にしか見えなくてつらい。赤い胸当てや肩当てみたいのまでしてるんだけど、それも人体模型にしか見えなかった。

オタク基準のカッコよさみたいのが多分あるんだろう。でもちょっと理解できないっていうか、自分のニキビ面《づら》をわかってない感じがする。

あたしはこっちの世界に来るまで、コイツと絡んだことは一回もなかった。ぶっちゃけ教室の空気の一部だった。

学校祭の準備中、あたしと同じ買い出しグループにいたコイツが、最初に暴走トラックが近づいてきているのに気づいた。

そのときすぐ教えてくれれば避《よ》けられたかもしれないのに、わざわざあたしのとこまで走ってきて抱きついてきたせいで、二人とも死んでしまって異世界まで吹っ飛ばされたのだった。

もっとも、そんなの今さら言ってもしゃあないというか、誰が先に気づいてもはねられてたのは変わんないかもしれないので言わんけど。

「ハ、ハル。髪切ったんだ？」

「あぁ、うん。邪魔んなるから切っちゃった。ヘンだろ？」

本当はアゴくらいの長さで切ってシャギーしてって説明したつもりだったんだけど、そういうのまるで通じなくて昔の「おかっぱ」みたいな頭にされた。もう短くなりゃいいけどさ。

こっちの人って馬とか乗るせいか、バックでするとき女の髪摑んで手綱《たづな》みたいに引っ張るバカが多いんだ。野蛮すぎないか本当に。

そんなわけで、好きだったロングをばっさり切った。

千葉はあたしの頭を見て、顔を見て上からずっと足まで眺めてニヘラと笑う。

今日のあたしは黒の短いワンピ。他はオレンジのちょっと長いワンピしか持ってないので、千葉も見慣れてるはずだけど。

「ヘンじゃないよ……『空《そら》ダン』のゆふみんみたいで、イイ感じかもしんない」

「何それ？」

「去年の覇権アニメのサブヒロイン。サブだけど一番人気だったと思うよ。メインヒロインに仕えるメイドだったんだけど」

「ふーん。千葉ってメイドとか好きなの？」

「いっ、いやっ、俺じゃなくてネットとかで人気あって。ロリとかいう属性だからネット人気が高い感じっ。俺は、その、そういうんじゃないし、よく知らないから、その、性格的に健気《けなげ》なとこだけまあまあ評価してやってたというか、見た目とかも嫌いじゃなかったけど、他にもいいキャラはたくさんいたし」

「あ、うん……」

「でも、ゆふみんは青キャラだからハルも髪は青にすると近づくと思うよ。あと、ゆふみんは基本敬語なんだけど、たまに素が出ちゃって『ダメだよ』とかタメロで主人公を叱るんだよね。そういうとこがネットで『ママ』って言われてて、コメントも赤ちゃんだらけでめっちゃウケるんだけど――」

千葉と話すようになったのはこっちの世界に来てからで、いまだによくわかんねっていうか、つまんない話しかしない。

あたしの知らないアニメとかの話題ばっかりで、こっちが気をつかってコナン君の話をしてもバカにするだけだし、きっとあたしと仲良くなろうなんてつもりもないんだろう。

どうしてあのとき、コイツにハグされたのがあたしだったんだ。陰キャの姫もそこにいたはずなのに。

「今日はどうするの？　上行く？」

「あ、う、うん。ハルがいいなら、まあ」

「それともたまには違う子を指名する？」

「い、いや、俺はそういうことはしないから！」

千葉は慌てて手を振って、顔を赤くした。

あたしとしては、こういうお店に来てお金払ってまで元クラスメイトとばっか寝るほうがどうかなって思うけど。

まあ、あたしに付いてるお客さんは大事にしなきゃだし、最初のうちはこっちからお願いして買ってもらってた経緯もあるので千葉を二階へ案内する。

スカートの中、覗かれながら。

「千葉も脱いでよ」

「え、脱がせてくれないの？　そういうサービスの店だよね？」

「いいけど……じゃ、バンザイして」

パンツ脱いでから、千葉の面倒くさくて変な服を脱がせてやる。その間、千葉はあたしのおっぱいとかマンコとかジロジロ見て皮余りのチンポを硬くしてく。

ベッドに寝かせて隣にあたしも座る。そしてチンポを擦《こす》ってやると、「口でして……」とすっげ小さい声で言う。

聞こえないフリしてると、「口で、口で」と死にかけのじいさんみたいにしつこいので、軽く舐めてやった。

「はぁ、あぁん」

千葉はオネエみたいな声出してクネクネと仰《の》け反《ぞ》った。

あんま舐めてるといきなり口の中に射精してくるヤツなので、あたしはさっさとヨグの蜜を煮て冷ましたやつ（ローションみたいなやつだ）の瓶に指を突っ込み、自慢のピンク色マンコをまんべんなく濡らしてから、避妊薬のスキネ草の練り物を奥に突っ込んだ。

「ねえ、もう入れていい……？　あたしもう我慢できないの」

千葉はちょっと嬉しそうに頬を緩《ゆる》め、「いいけど」と頷いた。

他の客にこんなこと言ったら「手ぇ抜くな」って怒られるのに、素人は楽でいいな！

「どうする？　またあたしが上？」

「うん。ハルの好きなやつでいいよ」

でも千葉の面倒くさいのはこういうところで、あたしは上とかダルくて好きじゃないんだけどいつも乗っけたがる。

ボーッとした目で、千葉は酒も飲めないくせに自分に酔った顔で言うんだ。

「俺といるときは、仕事じゃなくて本当のエッチしていいよ」

一番初めにしたときに、腰の動かし方も知らない千葉がかわいそうだから手本を見せたつもりだったんだけど。コイツの中では、あたしがそのとき感じまくってたことになっている。

コイツはこっちに来て七十ルバー（お金の単位ね）を払ってあたしを買うまで、女を知らなかったらしい。

本人は中学のとき付き合ってたカノジョがいたとかモゴモゴ言ってたけど、それは間違いなくウソで、童貞だったし、しかも童貞捨てた今も女の抱き方を覚える気すらない。黙って身を任せるだけだ。

男にもマグロっている。セックスというよりもオナニーしたいだけなんだ。リアル寄りのオナニーを買いにきている。

あたしたち娼婦は、もちろんこういう相手にもきっちりサービスする。

ぱっくり足開いてあたしのマンコを見せる。こっちの世界の人はチン毛もマン毛も剃《そ》るのがマナーで、千葉は自分のは面倒がって剃らないくせに、あたしのツルツルのそこはいつも「最高」って食い入るように見るんだ。

あたしは、そういうのもウザいからさっさと入れちゃうことにしてる。

「あ、あぁん、大っきぃ…ッ」

「うぅ……！」

千葉の小学生みたいな包茎チンポを、キュッて締めてやる。調子のいいときはこれだけでイッてくれるんだけど、フェラが足りなかったのか千葉は唇を噛んで堪えている。

「動いていい？　ねえ、あたし動いてもいい？」

千葉の返事を待たずに腰を振る。おっぱいとか強調して、エロいことしてんぞって見せつけてやる。千葉はシーツ握りしめて足をピンと伸ばして、冷凍マグロみたいになってぶつぶつキモいことを言いだす。

「はぁ、はぁ、やべ、俺、小山とやってる……関口《せきぐち》たちに教えてやりてえ……」

どうやら千葉は、元の世界に帰ってオタ友にあたしとやったこと報告したくてたまらんらしい。

逆にもしもあたしが友だちに千葉とやったことバレたら、たぶんLINEグループからは外される。学校のこと思い出したらマジ悲しくてつらくなる。友だちとか彼氏とかいてすっごい楽しかったのに、なんでこんな昔話みたいな世界で陰キャのために腰振ってんだ。

「小山めちゃくちゃエロい顔してる……俺のチンポで感じてる……ッ」

つーか、あたしがこっちの世界に来るまで、隣のクラスのJソウル系イケメンサッカー部と付き合ってたのコイツ知ってるくせに。

そういうの込みで興奮してやがんだ。寝取ったつもりでいるんだ。誰がおまえなんかにバカヤロウ。

だけど唇を噛んで、あたしはエロい顔をする。

「あぁん、感じてるよぉっ。千葉に抱かれてるときが一番気持ちいい！」

「小山……っ、はあ、はあ、いいぜっ、もっと感じろっ、仕事のことなんて忘れてっ、俺に本当のおまえを見せろっ！」

いや忘れたいわマジで。おまえも込みで全部忘れて帰りたい。

でもこれが今の小山ハルの仕事なのだ。生活のためだから仕方ない。

指を咥《くわ》えて、蕩《とろ》けた目して、わざとらしい顔で「もうすぐイク」って言ってやる。

「うぅっ、いいぞ、イけっ、オ、オラ！　俺も、もう！」

はい、イッた。

七十ルバー分の精液があたしのマンコに支払われていく。

「はあ、はあ……どう、ハル？　よかった？」

「あ、うん。すごいよかったー。千葉は？」

「んー、まあ、よかった」

「ほんと？　うれしー」

イライラすんなあ、コイツ。

「あのさ、そのうちでいいんだけど」

心の中で舌打ちしてるあたしのおっぱい見ながら千葉は言う。

「こんなとこ辞めて、違う仕事やってみない？」

「どんなの？」

「例えば、その、奴隷？」

「は？　何言ってんの？」

「あ、いや、こっちじゃそういう言葉ないから、その、奴隷ってあの、メイドさんみたいな意味で」

「なんであたしがそんなのやんの。てか誰が雇ってくれんの？」

「いや、だからさ、ハルが今の仕事辞めたいって言うなら、俺が雇ってもいいって話」

は？　そりゃ仕事は辞めたいけど、それって千葉があたしに『ご主人様』って呼ばせたいだけにしか聞こえないよね。

マジで言ってるならコイツ本当にキモい。でも、少しだけお金の匂いもするっていうか。

「冒険者ってそんなに儲かるの？」

「いや冒険者っていうか、俺は特別だから。前にも言ったしょ。俺のチート能力」

前に聞いたかもしれないけど忘れた。

正直にそう言うと、千葉は「おいおい」ってツッコミでおっぱい触ったからイラッとした。

「あんま人に知られたら妬《ねた》まれるから、ハルも誰にも言うなよ」

と言って嬉しそうに千葉は解説を始める。

この世界には普通の人には見えないけどレベルとかスキルとかパラメータが存在して、それが個人の能力とか強さの基準値になる。

中でもスキルはその人の個性であり先天的なものだ。

とても重要な才能で、レベル上位者でもスキル次第では下位に負けることもある。多くの人には一個しかない貴重な才能だが、それを活かせている者は少ない。なぜなら、さっきも言ったようにレベルやスキルは本人の目に見えないし自覚もできないから。

そのへん、あたしたちはこっちの世界に暴走トラックで運ばれたときに、ノリの軽い神様にレクチャー受けたから知ってるはずだった。

だけど千葉が妙にテンション高くて初対面の神様とも仲良く漫才してたから、あたしはその寒いノリを引き気味で聞いていただけだったのだ。なのでうっすらとしか覚えてない。

千葉はその神様に気に入られて、いいスキルをもらったそうだけど。

「じつは三つもあるんだ。『経験値十六倍』と『状態異常無効』と『攻撃魔法無効』だよ。つまり人よりめっちゃ成長早いし物理攻撃以外効かない。ぶっちゃけ最強」

「へー」

ようするに、チートってのは最初からめちゃくちゃいい条件でスタートしてる人のことかな。天才とか、そういうのを神様からもらってる。確かにずるい感じするよね。

「でもそれが異世界転移物語のテンプレートだからね。俺みたいに別の世界から召喚された主人公は、他のヤツらにはないチート能力と現代知識でいきなり無双できるの。アニメでもラノベでもよくあるじゃん。ウケるよね？」

だからアニメの話なんてあたしが知るわけないし、何が面白いのかもわかんないっつの。

千葉とは常識が違いすぎる。何度も寝たのに、いまだに生きてる世界は違うんだ。

「ま、そのうち俺の噂をどっかで聞くはずだから、それでわかると思うよ。最近闘技場とかにも顔出すようになったから。ハルなら俺の知り合いだって自慢してもいいし」

「はあ」

「まだ上位の連中には追いつかないけど、常人の十六倍の早さで成長してるからすぐ抜くし。モンスター狩りも結構深いとこまでやってるから、賞金以外にも収入結構あるんだ」

「え、つまり千葉って金持ち？」

「まあ、少しはね」

意外～。そういうことは早く言え。

「じゃあ、延長してく？」

「え？」

「延長してくれたら何かサービスするけど、どう？」

「えっと、じゃあキスする？」

うえぇ～、キスかぁ。

千葉はしつこいからなあ。でも。

「いいよ。しよ」

これも売り上げのためなのだ。

元同級生のクソ陰キャに唇が腫《は》れるくらいチューされても我慢の娼婦。

それがこの世界での、あたしの新しい生き方。

「ん、ちゅっ、ハル、んっ、俺、いつか魔王倒して、国民の英雄になっても、ちゅぶっ、おまえのこと捨てたりしないから。はぁ、はぁ、んんっ」

まあでも、これでちょっとは六位に近づいたんじゃないかなー。

明日は少しいいメシでも食いに行くかと思いながら、キスの途中であくびをごまかす。

肉食オペレーション

こっちの世界の料理はだいたい味付け濃くて脂っこくて、いかにも男好みであんまり好きじゃない。

しかも外にご飯食べに行ったりすると、他のお客のほとんどは男の冒険者みたいのばっかりで、女子だけでご飯とか楽しそうなことやってる人も全然見かけない。

客が男ばっかりならそりゃメニューも男飯になるわって、マンガみたいな骨付き肉を噛《か》み千切りながらあたしは思った。

「だったら、女子の入りやすいオシャレな外観とメニューのカフェとか始めたら儲かるんじゃないかと、あたしはひらめいたんだよね」

「うん。というよりハルちゃんはよく一人で外食できるよね」

「え？」

おしぼりをたたみながら嬢仲間のルぺちゃんに今日の思いつきを話すと、呆れたように言われる。

「女だけで外で食事するなんて、はしたないってマダムに怒られるよ。誰か同伴してくれる男の人がいるときにしたほうがいいよ」

あたしと千葉が暴走トラックにヒッチハイクされたこの異世界ってところは、なんかすごい男尊&女卑の世界で、平成生まれのあたしとはちょっと絡んだだけでもう合わないことわかってた。普通にしてるつもりなのに、急に怒られたりして驚くことも多いのだ。

女だけで外でメシ食うのは、はしたなくて恥ずかしいことらしい。じゃあ女子ウケしそうなオシャレなカフェとか開いても意味ないじゃん。てか、独りメシとか普通にやってたあたし恥ずかしい。

「でも私、ハルちゃんのそういうとこ好きだな。なんか面白いことやってくれそうな感じする」

「わかる？　学校でもわりとやらかす人だったの～」

「え、学校なんて行ってたの？　なのになんでこの仕事してんの？」

「いやまあ、いろいろありまして……」

「あ、ごめーん。あんまり聞くことじゃないよね。ごめんごめん」

「ううん。なんていうか家に帰れなくなったから自主的にやってるだけ。特に理由ないから気にしないで」

ルペちゃんはあたしより一コだけ年上なんだけど、仕事では三年ほど先輩で、いろいろと教えてくれるいい子だ。世間知らずなあたしに時々呆れながらも仲良くしてくれる。

ピンク色の髪をふわふわさせたかわいい子なのだ。

「そっか。私は親に売られたの。姉が二人もいたからね。弟もいたし、私はちょっと邪魔だったんだよね」

「え、そっちのほうが悲惨だけど」

「よくある話だよー」

なんだか本当、女の生きづらい世界だなって思う。

千葉は自分だけチートとかいう能力をもらって「世界はビバ最高だ」っつってアホみたいにハシャいでるけど、こんなとこに転落した同級生のことはどう思ってんだろ。最底辺にいるんですが。

他人事みたいに俺の奴隷だかメイドになればいいじゃんなんて言ってたけど、そんなの死んでも嫌。アイツ絶対、調子に乗ってめちゃくちゃ要求してくるに決まってる。

「あなたたち、しゃべってばかりいないでさっさとしなさい。それ終わったら厨房の片付けもお願い」

「はーい」

でも、こんなとこで体をすり減らして暮らしてるよりは、知ってるヤツの下でメイドの格好してニャンニャン言ってるほうがまだマシなのかな。なんて思わないでもないけど。

あーあ。

ま、とりあえず月間売り上げ三位！

それを達成したら考えることにしよう。

「ハル、ゴミ出してきて」

「はいはーい」

でっかいバケツ抱えて外に出ると、誰かがこっち見てた。

すごい太っちょが、真っ赤な顔をして足早に去って行く。まだ明るい時間の繁華街は歩いてる人も少なくて、でっかい体してるそいつは目立ってた。

開店前なのに、こんなとこで何してたんだろ……？

「ハル、何してんの？　ステージ練習始まるよ」

「あ、はーい」

だけどあたしも忙しいので、客でもない男にコナン君ごっこなんてしてられない。開店前でもやることはたくさんあるのだ。

「よ～るだけに咲く甘い花♪」

一応、店ではたまにステージショーみたいのやってて、歌の上手い子や楽器の弾ける子をメインに、ほぼ全員が何かしらやることになる。

「そーれ、タイガー、ファイヤー、サイバー、ファイバーっ」

ちなみにあたしは、高校でも有名なド音痴でカラオケでも主に狂ったように踊る担当だったので歌は辞退した。

しかし幸いにして学校祭のステージ発表ではオタ芸で盛り上げる係をやる予定だったので、身につけた芸の数々でステージの賑やかしなんかを担っている。芸は身をタスク化するのだ。

そういえば、あっちの世界ではもうとっくに学校祭なんて終わってるだろうけど、うちのクラスは二人も死んだ直後でちゃんと盛り上がれたかな。冷え冷えだったら申し訳ないな。

盛り上がってたら、それはそれで腹立つけどね。

「ハルちゃん、今日もキレッキレね。本番でも頼むわよ」

「ありゃたーっす」

うちの歌姫シクラソさん（売り上げ三位）に声をかけていただき、光栄の極み。しかし、いずれあなたの順位は抜かせていただきますので。

「さあ、そろそろ開くよみんな」

「いらっしゃいませーっ」

日が暮れて店がオープン。

繁華街から少し中に入った場所にある酒場兼娼館『夜想の青猫亭』だけど、リッチな佇《たたず》まいと女の子の質の高さは評判なので、開店してすぐにテーブルは埋まっていく。

「よぉ、ハル。相変わらずシケた尻してんな」

「やんもう！　触りたいなら七十ルバーっ」

「悪ぃな。今日は飲み代しかねえ」

常連さんも集まってきて、尻とか触られながら給仕の仕事をこなしていく。つーか、シケた金しか持ってないくせに、人の尻をシケてるとはどういうことだ。

さっきのおっさんは、シクラソさんの尻に見惚《みと》れて「いいよな～」なんて言ってる。くそ。あたしはまだまだ成長期なんだ。

ジョッキを両手に四杯握って、太もも上げ気味にホールを横切る。すぐに美尻になってやんよ！

店に来て、すぐに「二階へ行こう」なんて野暮《やぼ》な男は千葉くらいしかいない。酒と料理で腹いっぱいにして、ちゃんと酒場にもお金を落としてからヤるのが男のマナーだ。

酒場での仕事はホールで給仕が基本だけど、今度は厨房でも働いてみたいな。そろそろあたしも料理とか覚えたほうがいいかもしんないし。なにしろお外でご飯は食べづらくなってしまった。

「いらっしゃいませー」

媚び媚びポーズでお客さんをお出迎えする。

だけどそのデブっちょは、見覚えのあるデブっちょだった。

あれ？

昼間、店の外にいたデブ？

「あ……あの……」

デブはだらだら汗をかいてハンカチで拭《ぬぐ》う。いかにも相撲部って感じの顔が真っ赤だ。

とりあえず「一名様ですか〜？」とお愛想笑いして席へ案内する。

カウンターは無理な体型だな。もったいないけど窓際の一人テーブルで。この席はカッコイイ人にしか座ってほしくないんだけど。

「ご注文がお決まりになったら、声かけてくださーい」

今日はオレンジのワンピだからサービスパンチラ度は低いけど、かわいさはアップしている。印象づけるためにひらりとスカートを回してお尻を振りながら戻る。トレイの裏側を鏡にして相撲部の様子を窺《うかが》うと、ヤツはやっぱりあたしの尻に釘付けになっていた。ふふん。それほどシケてねーよ。

それからも相撲部はチラリチラリとこっちを見ていた気がするけど、他のお客の給仕とかするのも忙しくてかまっていられない。だけど彼、女の子に声をかけづらいみたいでまだ何も注文してないみたい。しょうがねぇなと手が空《あ》いてからあたしが行ってやる。

「ご注文はお決まりでしょうかー？」

「あ、あのっ……自分は、その……」

相撲部だなー。

「な、名前を」

「え？」

「あなたの名前を、教えてくださいっ」

――見たところ、まだ若い男だ。

たぶん、そんなにあたしと年は違わない。いっても十代ぎりぎりくらいと見た。

デブだけど着ている服は悪くない。自分で稼いでいるようにも見えないから、親が金持ちとかそのへん。一人でこういう店に来られる程度には小遣いをもらってるんだろう。

「ほほう」

あたしは椅子を引きずって彼の前に座った。

「十ルバー」

「え？」

「女の子とワクワクおしゃべりタ〜イム。あたしを一緒のテーブルに座らせたいなら、三十分で十ルバーになりまーす」

「あ、は、はいっ」

おずおず金を出す相撲部の財布の中身も、見逃すことなくチラリと確認。

ほほう。

ほほーう。

「ルぺちゃん、こちらのお客様によく冷えたビートを。あたしにはウーハーを！」

「は〜い」

「え、あの」

「ちなみに女の子の飲み物代もあなたのお勘定になりま〜す。よろしくて？」

「あ、はい。それは、大丈夫……」

「あたしはハル！」

さっそうと差し出した右手を、相撲部はおろおろしながら見る。遠慮がちに伸びてくるグローブみたいな手を両手でがっちりキャッチ。「うえっ」とか変な声出して真っ赤になる相撲部の手を軽く撫でて、上目遣いに微笑む。

「よろしくね、スモーブ？」

「あ、あの、自分の名前はジェイソールブラザー……」

「なにそれざけんなスモーブでいいじゃん。スモーブが絶対お似合い！　ね、あたしにはスモーブと呼ばせて？」

「え、はい、別にそれは……」

相撲部の手がじっとりと汗ばんでいく。あたしはさりげなく手を離してテーブルを拭くふりして両手を拭う。

それから髪を手櫛《てぐし》で直しつつ、テーブルに頬杖をついてじっと彼の目を見つめる。

「あ……」

相撲部はキョドって目を逸らした。

まいったか童貞。かわいかろ？

「ねえ、君って昼間もあたしを見てなかった？」

「え、あのっ、それは、そのっ……は、はい。すみません」

相撲部は汗をタラタラ、顔を真っ赤にしている。

こういうの久しぶり。ピュアもんのラブ。中学のときとか、たまにこういうのにコクられたりしたなー。

ちなみにこの世界、女なんて酒のついでってのが当たり前なくらいに男尊&女卑が仕事しているので、あたしみたいな娼婦も底辺といえば底辺だけど、まあざっくり『水商売のお姉さん』みたいなポジションと思っててい い。

もちろん人によっちゃあゴミみたいに言われるけど、童貞くんにとっては憧れの大人の女性に見えちゃったりするわけよ〜。

さらりと髪を流して、あたしは思わせぶりな笑みを浮かべる。

相撲部はタジタジになって下を向く。

ふふっ。どう、あたしの大人の色気は？

「ねえ。君はどこであたしのこと見つけてくれたの？」

「う、うちの食堂でマンガ肉を食べてるとこ見て、こんなに豪快に肉を食べる女性は初めてだなって思って、しかも一人で……」

「あたしの食いっぷりはどうでもいいだろ、バカバカ！」

そっちかよ。野性味かよ。

じゃあ、大人の女ぶるのはやーめた。

「へー、じゃあスモーブの家は食堂なんだ？　大通りの大っきい店だよね。あれ親の店？　めっちゃうまかったよー」

「は、はい。ありがとうございます」

相撲部は、汗をふきふき嬉しそうに笑う。

恥も外聞もなくいろいろ食べ歩いたけど、あそこが一番肉の分厚い店だった。そして肉好きな男連中で大繁盛していた。

どうりで息子のお財布も分厚いはずですなあ。

さりげなく身辺調査するような質問をして、ウソではないことは何となくわかった。ボンボンのデブデブだ。おいしい客だ。

あたしはさらに、さりげなーく相撲部の足に自分の足を絡める。

「え、あ、あの？」

「ねえ、どうする？　おしゃべりだけでいいの？　もうすぐ時間だけど」

おしゃべりタイムに延長はない。ガールズバーじゃないんだ。トークよりも体を売れってのがうちの方針。

「ちなみにあたしは一発七十ルバー。うちの店では安いほうだよ。でも、どんなお客さまにも全身全霊でサービスするし、コスパは最高レベルだと自負してる。あなたが今後もあたしとお付き合いしてくれるなら、サービスは増やしていくけど？」

「え、あ、あの……」

このときのあたしは、まさに獲物を狙う鷹《たか》の目だったと後にルペちゃんは語る。

相撲部は、ちょっとあたふたして分厚い財布を出した。しかしそのタイミングで、他の女の子があたしを呼ぶ。

「ハルちゃん、ご指名ー」

さっきあたしの尻を触ったおっさんが、他のお客さんと遊んでた賭け事に勝ったらしく、七十ルバーを振り上げて笑ってる。

相撲部は、財布を握りしめて顔を伏せてしまった。

「……二階に上がるまでなら勝負できるよ。七十五出してくれたら、あっち断るけど」

でも相撲部は、恥ずかしそうに首を横に振る。見ててかわいそうになるくらい膝を震わせていた。

「次、もしその気になったらあたしを買ってね」

胸チラ見せて、相撲部に耳打ちする。

「あんたのドーテイ、あたしが予約したから」

太ったダルマみたいに真っ赤な相撲部がコクコクと頷く。

あたしは、薄汚い顔したおっさんに、笑顔で「うれしー」と両手を広げる。

＊

二階の扉を閉めた瞬間、おっさんはあたしを突き飛ばしてベッドに転がした。

それから、あたしの上に跨《またが》ってワンピを両手で摑む。

「服、二枚しかないから破くなら弁償して」

おっさんはニヤッて笑って、「そうか悪ぃな」と手を離すと「さっさと脱げや」とベッドの上であぐらをかく。

このおっさんは女を乱暴に抱くのが好きなんだ。最初にやられたときは、首絞められて死ぬかと思った。

でも、そういうのは珍しい話じゃない。こっちの世界では。というか、この仕事では。新人だからなめられてたんだ。

「首絞めも禁止。そういうのしたいなら追加で二十ルバー。マダムにもこの値段で許可もらってるから」

「へいへい」

おっさんは聞いてるのか聞いてないのか、適当な返事をして靴下を脱ぐ。むっと男臭い匂いが広がった。

「ケツ出せや」

そしてケツ好き。

お気に入りのシクラソさんの尻は一発百五十ルバーと高額なので、買えない夜はまだ新人でケツの青いあたしを青田買いしてくれるのだ。

四つんばいになって、おっさんに尻を突き出す。ジロジロとケツの穴から自慢のピンクいマンコを眺めて、「へっ」と笑って尻を叩く。

「シケた尻だな」

叩かれる程度なら我慢しろって言われてる。そのうちよくなるからって。

娼婦は道具だ。

千葉みたいにとことん奉仕させる男もいれば、好き勝手に乱暴するヤツもいる。どっちかと言えば後者が多い。

向こうの世界でも似たようなことやってたけど、ロリ時代のあたしを異常に可愛がったり、オモチャでイジるだけだったりの変な男はいても、殺されるかってくらい乱暴するヤツはいなかった。Sっぽく振る舞う彼氏もエッチは普通に淡白なヤツがほとんどだったし。

こっちの世界では女の価値は低い。あたしみたいのはいくらでも換えが利《き》く。ぶっ壊してもお釣りが出るぐらいに。

「いっ！」

また尻を叩かれる。このおっさんの前戯は尻叩きだ。プロはこれでも濡らすんだろうけど、あたしはマジ絶対無理。育ちが違うから。

「おじさん、ごめんっ、ヨグ塗るから、ちょっと待って」

「気合いで濡らせや、バカヤロウ」

「ごめんっ、本当痛いから、先に塗らせて、お願いっ」

四つんばいの格好で、マンコにローションを塗る。ケツがひりひりする。

スキネ草を塗る前に突っ込もうとするおっさんを止めて、いつもより若干多めに塗っておく。

このおっさん、チンポでかくて怖いんだ。

「おらっ！」

そいつを自慢したいのか、遠慮なしに一気に全部突っ込んでくる。

お腹の奥が重たくなる。それが動き出すと息が詰まっちゃう感じになる。

そんでやっぱり、尻も叩かれる。もう叩かれすぎて麻痺してきて、痛いんだか何だかわからなくなる。

「あっ、あんっ、あんっ」

頭がボーッとなって、自分の声も他人みたいに聞こえる。

てかあたし、何でこんなに可愛い声出してんだ？　まるで感じてるみたいじゃん。何でこんなおっさんにイイ声聞かせてんだよ。

おっさんはますます調子に乗って、あたしの首に手をかけてくる。

「……首絞め二十ルバー」

なんとか言ってやった。するとおっさんは、笑ってベッドに大きなコインを二枚投げた。

二十ルバー。ボロ勝ちしてんじゃねぇよクソオヤジ。

あたしの首に遠慮ない圧力がかかって、舌が勝手に出る。

「や、やめ……」

「てめえで付けた値段だろ？　ガタガタ言わねえでマンコ締めろや」

後ろから首絞められる恐さと苦しさで涙がポロポロ出る。そしたらおっさんのチンポがますますでかくなって、ていうかあたしのマンコが締まってるのかもしれないけど、ギュウギュウきつくなっていく。

息が苦しくてヒューヒューいってるあたしの耳元で、おっさんが笑う。

「男をナメるからだ、バカヤロウ。死なねえように気合い入れろよ」

おっさんはあたしに覆い被さるようにして、首絞めながら腰をガンガン振る。

頭の中が真っ白になって、必死に空気を求めて喘《あえ》ぐ。

「おらぁ！」

すごい力で首絞められて、「やばい」と思ったらおっさんは射精始めてた。必死に歯を食いしばって、ギリギリ意識失う寸前までがんばって、そして射精の終わったおっさんにベッドに捨てられた。

「おう、悪かったな」

最後は笑って、あたしの尻をペチペチと叩く。

シャワーを浴びて、おっさんの手の痕が残った首元にはリボンを巻いて店に戻った。

相撲部はまだ一人でちびちび飲んでて、あたしの顔を見て何か話したそうにしてたけど、無視して他のお客の接待に回る。

おしゃべりタイムは終わったし、あたしを買わないのならしてあげられるサービスはない。

次の客を探して、店じゅうに愛想を振りまく。

# 夜をかき鳴らせ

「ハ、ハル……ッ！」

「あー？」

「き、気持ちいいかいっ」

「あっ、うん。すごい、いいよっ、あぁん！」

千葉の上に腰を落としながら、あたしはすっかり別のことを考えていた。

今のあたしに必要なのは、新しい自分探しなのかもしれないって。

娼婦を始めて六ヶ月。高校に行ってたら三年生になっている。本当ならあと一年も経たずに卒業だ。向こうの友だちはきっと進学だのサークルだの整形だのと、新しい世界に向けて動き出している。

そう、あたしだって変わらなきゃ。

毎日に変化を。フレッシュな人生を。こんなくっだらないことばっかしてないで、何かにチャレンジしないとダメなんだ。

終わった後のザーメンをマンコから掻きだして捨て、ぐったりしている千葉の隣にいく。

「ねえ、千葉。相談があるんだけど」

「えっ？」

千葉はなぜか慌てて起き上がり、ゴクンと喉を鳴らした。

「ひょっとして、俺の奴隷になる話……？」

「あ？　んなわけないじゃん。別の話」

ぺちっと軽く千葉のおっぱいにツッコミを入れて、あたしは身を乗り出す。

「あのさ、あたしにも冒険ってやつ教えてくんない？　モンスター退治とか闘技場とか、儲かるんでしょ？　日中のヒマな時間とかで、あたしにもできないかな？」

千葉は、たっぷりと時間をかけてため息をついて顔をしかめた。

「ハル、俺たちイノベーターをなめすぎ」

こないだまでただの『冒険者』だった男は、ついに勝手な職名を名乗ることにしたらしい。なんか調子に乗ってる感じがしたので、「あ？」と睨《にら》んでやる。

「い、いや、知らないから無理ないと思うけど」

基本、コイツはビビりだから陰キャだったわけで、こっちが強気に出るとすぐに引いてしまうのだ。

どれだけ強くなっても、同い年くらいの女子に睨まれるのは怖い。もはやそれは刷り込みである。

「だけどモンスターって本当にやばいんだよ。素人がいきなり戦えるわけないし」

「え、大丈夫っしょ。あたしだってドラクエとかモンハンとかしたことあるよ。彼氏に借りて」

「そんなのと比べものにならないし。ていうか、そもそも軍隊の作ったラインを越えるには、ギルドに登録して出張権を買わないとならないから。そのギルドに登録できるのは基本的に男だけなの」

「そうなの？」

男尊＆女卑。

こいつら、いつもあたしの前に立ちはだかりやがる。

「こっちの基本的な世界観もハルは忘れてるみたいだから、もっかい説明するけど」

千葉は偉そうに腕組みをして語り出す。

数百年も前から続く魔王軍とかいうモンスターたちとの戦い。ヤツらはこの街の近くにある魔王の森から湧いてくる。夜にだけ現れる魔王城がその森の奥にあるらしい。

人間側も軍隊を派遣して討伐を行ってたけど、広大な森のあちこちから湧いてくるモンスターたちを倒しながら魔王城にまで辿り着くのは困難で、おそらく道程の半分も進んだことはない。毒とトラップと巨大なモンスターのいる湿地帯の森は攻略不可能で、森の外にラインを作っての防衛戦を何百年も続けているのだ。

モンスターたちの性格はバラバラで、リーダーを中心に群れで行動する軍隊モンスターもいれば、強大な力で単独で暴れるモンスターもいる。知能レベルも様々で野生動物そのもののヤツもいれば、人語をしゃべって魔法まで操るヤツもいる。

魔王の目的はわからないけど、どのモンスターも人間に対して攻撃的なのは共通していた。人類の敵なのだ。

人間側の軍隊が戦っているのは主に統制のとれた軍隊系モンスターの群れで、その他ライン越えしてきたはぐれモンスターや人間を攫《さら》って犯したり殺したりする本能系モンスターたちを討伐したり、ラインを越えて森まで入っていくのが冒険者。

危険な仕事だけど、謎の遺跡や迷宮の眠る魔王の森には宝物や価値の高い歴史的資料が多くて、それを売ったり特定のモンスター討伐の依頼を受けたりして結構儲かるとか。

「でも女の冒険者みたいのもたまにいるじゃん」

「あれは神職者で祝福を受けた女だからだよ。シスターってやつ。白の回復魔法が使えるんだよ」

「なにそれ？」

「なんかこの世界の宗教的な理由か何かで、女しか回復系のスキルって使えないんだ。でも実際、回復ができるくらいで戦闘できるわけじゃないからモンスターラインを越えるには冒険者と組まないとだし、そういうパートナーの決まっている女だけがギルドに登録されんの」

「じゃ、あたしがその回復系女子になればいいんじゃない？」

「だからなめすぎだって。みんな小さい頃から修行してスキルのあった子だけがシスターになれるんだよ。今からやっても、よっぽどぴったりハマったスキルがないと多分無理。ていうかハル、スキルなんてもらってないって言ってたでしょ？」

「いや、そうだけどさぁ……でも」

「なめすぎ。この世界だってそんなに甘くないよ。向こうの知識で無双できる場面もなかなかないし。よくあるじゃん、あっちの世界での常識や商品がこっちにはまだなくて、それを使って大儲けする話。例えば石けんを作ってみたり、よくある料理がこっちでは斬新な味だったり」

「石けんなら、こっちのヤツのほうが全然いいじゃん。ご飯もおいしいし」

この世界には植物由来の有能な石けんがある。超いい匂いだし、髪洗ってもゴワゴワしない。肉や魚は高いけど、野菜系にマジ安くておいしい。貧乏でも食べてはいけるのだ。

「そう。植物が無双してんだよなー、ここ。錬成術とかいう魔法のせいでバイオテクノロジーが変態的に進化してるんだよ。日用品からエネルギーまで草で間に合ってるもんな。

工学系なら少しは隙がありそうだけど、こっちのほうも遅れてるなりにかなり独特な技術が作られちゃってて、どこから手をつけていいのかわかんない。なかなか上手くいかねーよ」

千葉は舌打ちして、「せっかく異世界なんだから、もっと簡単なことで驚いてくれるようなアホの人たちだったらよかったのに」とブツブツ文句を言う。

てか、チートがどうしたって浮かれてるだけだと思ってた千葉が、それなりに色々試してるってことに衝撃を受けていた。

あたしよりもコイツのほうがまだ考えて生きている。愕然。

「何の商売やるにしても、ギルド制だから企業秘密なんてあったもんじゃないしね。結局、自分に合った仕事見つけて手に職つけるしかないのがこっちの労働市場なんだ。俺はチートスキルがあるから、このまま普通に冒険者やってても天下を取れる。ハルは何のスキルもないから、嫌々この仕事してるんでしょ？　もしも辞めたいんだったら、誰かを頼りにするしかないんじゃないかなー」

何か言いたげにあたしのおっぱいを見る千葉を無視して、あたしはシャワー浴びに行く。

なんだよ。

スキルだの無双だのって。

くだらね。

＊

「あー、よっしゃ、いっくぞー！　パンパパンパン、ファイボっ、ワイパー、バイバー、シクラソ&ハルっ！　お〜〜〜、ふわふわ、ふっふー！」

メインシンガーシクラソさんのステージ横でのパフォーマンスを全力でこなし、前列一部の異常な盛り上がりと後ろの列のドン引きという、いつもどおりの成果を得て終わる。

こんなことしてていいのかっていう疑問はまだあるけど、今やれることを全力でできないヤツは何をやってもダメだよなって気はしている。

なんて、そんな真面目なこと考えてないけどね。

「ハルちゃん、彼氏来てるー」

「はいはーい」

相撲部が今日もあたしとおしゃべりしに来てくれた。

いつも十ルバー払ってトークするだけで相変わらず彼は童貞なのだが、なぜか相撲部としゃべっていると高確率であたしに別の指名がつく。

窓際のテーブルでデブと座っていると、小柄で可愛く見える効果があるようだ。おしゃべりタイムは一回きりというルールさえなければ、永遠にあたしの前でデブを晒《さら》しててほしい。

トークと言ってもあたしが一方的にしゃべっているだけで、相撲部はいつも照れくさそうに俯《うつむ》いて笑ってる。あたしがたまに胸チラとか腕にタッチとかしたぐらいで、かわいそうなくらい恥ずかしがって体を縮こまらせる。

それなのに、来るたびあたしを喜ばせようと肉とか差し入れに持ってきてくれるのだ。

なんか……あぁ、恋してんだなって感じ。幸せそうで羨ましいなと、彼を見ていると思う。

昔はこういう「おまえなんかと付き合う女いねーよ」レベルの男子に想われても、普通にネタにして笑うだけだったけど、今の相撲部を見ていると素直に「がんばれよ」って思えるんだ。

そのくらいあたしも余裕なくなってきたっていうか、レベル落ちたってことかと思うと切なくなるけど、まあ、いいものはいい。千葉とか相撲部と付き合うのはありえないけど、青春なんだから恋ぐらいしなきゃなって思う。

この仕事しているうちは、マジ恋なんてできないだろうけど。

はぁーあ。この仕事、年取るの早そうだなあ。

「ハルさん、ご指名ー」

「はいですー」

たわいのないおしゃべり（ほとんどがあたしの愚痴）の途中で、他の男から指名がかかる。相撲部は優秀なデコイだ。

「どうする？　七十五出すなら向こうは断るけど、勝負する？」

「え……いや……」

百や二百ぐらいは余裕で入っているだろう財布を握りしめ、相撲部は口ごもる。

いつものように、ここで黙っちゃうのが童貞の童貞たるゆえんだ。

「また来てね」

あたしはその頭を撫でて、指名してくれた男のところへ行く。

相撲部がもしあたしを買ってくれたら、そのときは若干サービスしてあげようと思うんだ。

「――思ったとおり、美しい少女だ。月光によく映える」

ニヒルな笑みを浮かべて、あたしを買ったイケメンのお兄さんは口笛を吹いた。

吟遊詩人だというお兄さんは、あたしを裸にさせるとまず窓辺に立たせてゆったりと全身を眺め、ギターみたいな楽器を爪弾《つまび》くところから始めた。

この街はモンスター関係で稼ぎに来る人が多いので、サディスティックな男や逆にMっぽい男ならいろいろ見てきたけど、まだまだ世界には逸材が多い。

「シクラソさんの歌声ももちろん素晴らしかったが、今夜の君のパフォーマンスはとても斬新だった。パッションに溢れて創意的だった。そう――まるでミュゼリュッツ（後で他の人に聞いたら音楽とかの女神のことだって）のようだった～♪」

歌うのかよって、ツッコミたいのを我慢してあたしは頭を下げる。

「ありゃたーっす」

「あ、そのまま屈《かが》んで。そう、そして顔だけ上げて。手を膝に。うん、そう。いいね。すごく創意的なポーズだよ。うん」

吟遊詩人のお兄さんは、あたしにポーズ取らせてギターみたいのを爪弾き続けた。長い髪に大きな帽子をかぶり、尖ったブーツを履いた彼はまるで何かのプロデューサーのよう。あたしに細かく指示を出し、パンツの中で股間を膨らませていく。

あ、そういう変態さんですかって、あたしは心の中のビジネス的な部分で納得した。

「すごくいいっ。あぁ、そのまま、その冷めた瞳を僕に向けたまま、あぁ、いいっ。すごくミュゼリュッツだよ！」

楽器に股間を擦りつけ、お兄さんは前のめりになっていく。あたしは、言われるがままにポーズを変えていく。

「もっと！　もっと斬新なポーズして！」

ファッション誌とかでモデルさんがやってたポーズをいろいろ真似てみる。学校祭のイベントのためにアイドルとかのライブDVDを見てたのも、結構役に立った。

ランウェイを歩くように華麗にターン。おっぱいとお尻をポヨンと揺らして、ポーズ。

「あぁ……いいよ、いいよ」

背中を見せて腰に手を当て、振り向きざまのウインクばっきゅん☆

「ミュゼリュンゲル！」

吟遊詩人のお兄さん、おそらく喜んでくれてるんだと思うけど、ますますわかんないこと言って楽器を太ももに挟んで振り始める。

異世界だ。あたし、性の異世界へと踏み込んでるんだ。

「はぁ、もうダメ、僕もミュゼリュよぉ」

詩人さんは、とうとうチンポを出して楽器に擦りつけ始めた。女の体を目の前にして。

あたしたち何やってんのかなって思いつつも、そんなお客さんのためにお尻の穴まで丸見えの屈伸ポーズを決める。

「きたこれグランドミュゼリュッソボーだよぉ！　すごいよっ。君は感性の彼方からやってきた改革の女神だッ！」

いや東京からやってきたただのJKなんですけど。

いよいよわけのわかんないこと言って、ビクンビクンと足を突っ張って詩人は悶《もだ》える。

そして私に、そのギターみたいな変な楽器を握らせる。

「君の天性の閃《ひらめ》きと大胆な肉体は素晴らしいっ。これっ、これを奏でてごらんっ。感性の赴くまま、君の指先の歌声を僕の耳に届けて！」

これって、やっぱりギターだよね。

前の前の彼氏がクソみたいなバンドやってた人で、あたしも西岡《にしおか》カネの『トリテツ』を歌いたいって一曲だけ習ってたから、ギターなら少しは弾けた。

DとAとGとBのマイナー？　知ってるのは四つだけだけど。

とりあえずお客さんのリクエストだし、ちょうど昼間食ってた相撲部の差し入れ干し肉の骨がテーブルの上に残っていたので、それをピックの代わりに握り、いっちょやってみますかとジャカジャーンと鳴らす。

「なにその女神の往復びんたのような斬新な演奏法はーッ？」

詩人さんは、あぶったイカのようにひっくり返った。

「骨で全部の弦をいっぺんに弾くだって？　しかもその美しく重なった響きはまるで雪原に落ちた稲妻のようじゃないかっ。なんだこの音、斬新すぎて頭がまったく追いつかないっ。なのにすごく股間にくるよぉ！」

いや、斬新すぎて頭が追いつかないのはお客さんの性癖なんだけど。

演奏は続けてもいいのかな。久々にあたしの好きな曲を歌っちゃってもいいのかな。

「七時五十二分発のデハ一〇〇〇形を撮りに行くよ〜♪」

「あ、歌はいい。君の歌はいらない。音だけもっとちょうだいっ」

ド音痴で悪かったな、くそっ！

でもこれも仕事なので、求められるまま『トリテツ』のコードだけを黙々と弾く。詩人さんは一人で大騒ぎしながらとうとうオナニーを始めた。

世界が違っても変態っている。どんな離れた場所にいても人間って変わらないんだね。

そんな思いを込めて全裸でギターを奏でてる。

お父さんお母さん。

あたし、頑張ってるよ。

「だめっ、もう天国への扉、見えちゃう！　コンコン、ノックしちゃうぅ！」

曲が終盤に向かっていくと、やがて詩人のお兄さんはつま先をピンと伸ばした。

「え、ちょっとお客さん、困ります！」

あたしたちは一発ナンボの商売をしている。口かマンコに出してもらって一発だ。勝手にシコらせて金がもらえるほどぬるいフーゾクじゃないんだ。

「手をどけてっ、あたしのマンコに出してください！」

「あぁ、いやっ！　もっと天使の歌声、響かせてくんなきゃイけない！」

「聞きたきゃ聞けよっ。ただし出すのはあたしの中だ！」

詩人のお兄さんに跨《また》がり、ヨグとスキネを突っ込んだマンコでチンポを咥えてギターをかき鳴らす。

「はうぅぅん！」

変態詩人さんは、あたしのお尻の下でバスドラのペダルみたいにビクンビクン仰け反った。

そして、ジャカジャンッと、シメると同時にあたしの中で無事イッた。

ふぅ。間に合ってよかった～。

＊

開店まで少し時間があったので、シクラソさんとルぺちゃんと早めの晩ご飯を食べる。

女だけで外食なんてみっともないとか、アホみたいに閉鎖的で女子会すらままならない女卑会の世界ではあるけど、店の前にベンチを出して座って、お昼休みな気分を味わうことにする。

「昨日のハルちゃんとこのお客さんでハゲのおじさん。あの人、全身舐めてこなかった？」

「ベロベロでしたよ、もー。気持ち悪かった」

「私もアイツすごい嫌。シャワー長くなる」

「お尻の穴に舌まで入れてくるの本当に怖いよね」

「え、あたしそこまでやられてないです」

「私も」

「あれ、ほんと？　やだ、私だけ？」

「どんな感じですか、それ」

「いや説明したくないから」

「いいからシクラソさん、言って。どんな感じでした？　男の舌をケツに入れられてどう感じたんですか？」

「ハルちゃん、なんかやらしい……」

「助けてルぺちゃん、ハルちゃんに何でもしゃべらされるー」

シクラソさんも最初は緊張気味だったのだが、まだ人通りも少ない時間帯で開放的な気分になったのか、客の悪口とか店への不満とかあたしたちの会話に乗っかって徐々に饒舌《じょうぜつ》になっていく。

そうなると、もうあたしたちは無敵に楽しい。

「たまにはいいわよね、こういうの」

だろう？　女子会の嫌いな女子などいないのだ。

シクラソさんはアクセサリをたくさん着けた長いオレンジの髪を風になびかせ、「ご飯も美味《おい》しい」とウッキウキで笑う。

店が始まるとアーティスト感の高いオーラを放つ彼女だけど、青空の下で気持ちよさそうに背筋を伸ばしている姿は、普通の女子大生みたい。

確か年は二十一才。めっちゃ歌上手いし売り上げ三位だしおっぱいでかいし尻もキュッで超きれいだし、一発百五十ルバーもする。憧れが止まらない。

そんな彼女が少し恥ずかしげに、しかしちょっと自慢げに微笑んで言う。

「今度の週末、お店休むんだ〜」

「あ、それってひょっとして……ええ〜？」

「え、なになにハルちゃん。何の話？」

「かき入れ時の週末に休むってことはアレっしょ。男ですよね？」

「えーっ？」

「へへ、誰にも言っちゃダメね？」

「ひょっとしてあの人？　ギルド長のぼんぼん？」

シクラソさんのお得意さんに、若くて金持ちの男がいる。

繁華街に並ぶ風俗店ギルドの長をやってる、紹介所のオーナーの息子だ。

ギルド長といっても、こういう業界にはつきものなのかヤ○ザの親分みたいなもんなので、その息子も大変いばってて態度最悪。

でも、この界隈では力のある家なので当然マダムも逆らえない。シクラソさんの歌と尻のファンらしく、このぼんぼんと取り巻きは店によく来てるのだ。

「違う違う。あんなの絶対やだよ」

シクラソさんもそう言って笑う。ですよねー。

「え、じゃあ誰なんですか？」

「本当に言わないでね。あのね、軍の人なんだ」

「マジ？」

「すごーい」

この街は魔王軍との最前線に一番近いということもあり、首都の王立軍隊から駐屯してくる人もいて、店にも結構やってくる。

彼らはこの世界のエリートさんだ。若い軍人さんはわりと女にも優しかったりするので、憧れてる女子は少なくはないのだ。

でも彼らにしてみれば、一時の出張先で出会った娼婦にすぎないので、マジになるのは慎重に、なんだけど。

「二階のお客さんじゃないんだよね。私の歌を聴きに来てくれてるみたいで。それで一回店外デートしたら、いきなり『部屋に来てくれないか』って言われちゃって」

「え、行ったんすか？」

店外デートシステムも一応はあって、まあその人の値段にもよるけどあたしなら一デートで三十五ルバー。店の営業時間の始まる前二時間とかそんなの。自宅への連れ込みは禁止で、寝るなら店で通常料金を払ってっていうのが前提なんだけど、そこは盛り上がり次第では相手の家に行っちゃう嬢も当然いて。

お金を取るか、それとも個人的な関係になるかも、雰囲気というかお互いの気持ち次第ではあるらしい。あたしも一度相撲部と店外デートしたことあったけど、肉食っただけだった。

「そんな、いきなり行かないよ。でもそれからもデートには誘われて。毎回ご飯食べさせてもらったり、歌を聴きに来てくれたりで、悪いかなって。真面目な人みたいだし……」

「で、寝ちゃった?」

「まあ、ね」

「それでそれで!」

前のめりになるルぺちゃんに、シクラソさんは「僕の特別な人になってくれないかって言われた」と赤くなって笑う。

「きゃーっ」

「いいなー」

正直、少しぐらいは「信用して大丈夫なのかな」という心配はあった。けど、あたしがどうこう言うまでもなくベテラン娼婦のシクラソさんなら、そのへん見誤らないだろう。

せっかくの恋バナに余計なことは言わないのだ。

「それじゃ私たちも顔くらい見てるよね？」

「イケメン？　イケメン？」

「いや普通の顔だしっ。絶対二人とも覚えてないよ」

「いいよね、私も恋したい～」

「あたしも相撲部以外の男が欲しいなぁ」

「ハルちゃん、いつも来てる冒険者の人は？　仲良さそうじゃない」

「ん、アレっすか？　アレは腐れ縁っていうか、ゾンビ縁っていうか」

単に一緒に死んだ者同士というだけで。

「ゾンビって？」

「何でもないっす。ただアレと付き合うとかマジありえないんで」

「でも私、他のお客さんから聞いたことあるよ。『紅《くれない》のエンドレスレイン』っていう人でしょ？　闘技場で有名だって」

「え、くれないの、何……？」

「だからハルちゃんの友だち。紅のエンドレスレインって人」

「ぶっは！　リアル中二病ウケる！　あいつの黒歴史は何ページあんだよ！」

「え、何ウケてるの？」

「強い人なんじゃないの？」

「いや、説明するの難しいわぁ。とにかくバカなのよ、バカ。あたしは全然相手にしてないから、誤解なきように」

「ふーん、そうなんだ～」

ルペちゃんは、何かを飲み込むようにしつこく頷いていた。

「あれ。ルペちゃん、ひょっとして？」

「え、ち、違うよ？　そういうんじゃないよ？」

「言ってー！　あたし、全力で紹介するよっ。あんな男でよければいくらでも！」

「恋バナ？　次はルペちゃんの恋バナっ？」

「だから違います～！」

やっぱり、こういうワイワイしたの一番好き。おしゃべりは栄養だってマジ思う。

いつの間にか日が傾いてきて、通りに人が集まり始めてもあたしたちのおしゃべりは止まらなかった。

どこからか、ギターっぽい音と歌が聞こえてくる。

「あ、これ最近吟遊詩人ギルドで流行ってる曲。カッコイイ！」

「素敵よね～。私もこういうの歌いたい。演奏できる人がいればだけど」

どこかでパフォーマンスしているミュージシャンがいるみたい。

普通にギターをかき鳴らして歌っているだけにしか聞こえないけど。

「確か『女神の往復びんた』って曲よね。この鳴らし方が斬新すぎてもう。音がいくつも重なって聞こえてくるのよ」

「作曲した人って大金持ちになりますよね。演奏法も特許ですごい儲かるんでしょ？　いいな～。どんな人なんだろ」

「ふ～ん」

どこの誰か知らないけど、印税で暮らせるなんて羨ましい。

あたしには、やっぱりそんなにすごい曲には聞こえないんだけど。

つーか、ほぼ『トリテッ』のパクリじゃん。だせ～。

「さて、そろそろ開店ね」

「楽しかった。またここでご飯しよっ」

「ねー。それじゃ張り切って働きますかー」

今日もあたしは、コツコツ男と寝るのだ。

# やまないエンドレスレインはない

一度くらい闘技場に観に来いと『ひとりエックスジャパン』もとい『紅のエンドレスレイン』こと千葉がうるさいので、昼間のヒマな時間にそのへんをぶらついてみた。

アイツは今そこそこのランキングにいるらしくて、しかもデビューして半年ぐらいでそこまで昇ってきたやつは初めてで、彗星の如く現れた俺がどうしたとか自慢たらしく言っていた。

あたしは最近、その話が始まったら脳内でスマホゲームを開くようにしてるのでよく覚えてない。

だけどルぺちゃんも千葉が評判高いとか言ってたので、じつは本当にすごいのかもしれない。若干だけどお金の匂いもする。

これは確かめねばならぬだろうと、とうとうあたしは美しい尻を上げたのだ。

でも娼館で働き始めてから繁華街から離れることってなかったので、ちょっとだけ緊張しつつ。

街の外れにある闘技場は想像してた以上に人が多い。こんな田舎異世界に娯楽といえば酒か女しかないと思ってたけど、あふれかえった人混みは渋谷かなってくらいだった。食べ物売ってるテントとか出ていて、すっげー楽しそう。なにこれもっと早く来てればよかった。

こういうのってボクシングみたいに戦ってる人たちを見ているだけかと思ってたんだけど、競馬みたいに勝ち負け予想してお金も賭けられる。

どうりで入場料が二ルバーなんてくっそ安いはずだ。ここってギャンブル場なんだ。なにこれ本当に楽しい。あたしこういう場所初めて！

千葉に賭けてやろうと思ったけど、アイツ倍率低いからやめた。対戦相手のほうが高いのでそっちに賭けたら、あっさり千葉は勝ってしまった。

ふざけんなって思ってたら、後で合流した千葉が逆にキレた。

「俺があんなおっさんに負けるわけないっしょ。ていうか普通は俺に賭けない？」

男が一緒のときは、そのへんでお茶してても「はしたない」なんてことは言われない。久々のちゃんとした店のお茶をゆっくりと味わってから、あたしは千葉に言う。

「次はわざと負けてくんないかな。そしたらあたしはボロ儲けじゃん。少しは分け前あげるから、どう？」

「はっ、バカじゃねーの」

「い、いや、バカってことないけどさ……でも、それだと俺のランクが下がるからすぐに儲けられなくなるよ」

「そうなの？」

「うん。ていうか、普通に俺に賭けてればいいから。全財産賭けてくれてもいいよ。負ける気しないし」

「あんた、そんなに強くなってんの？　無敵なの？」

「まあ、本物のランク上位にはまだ勝てないけど。でも昨日一昨日はずっとモン狩りで経験値稼いでたから、レベルは十五くらい上がったし。ぶっちゃけ、今の俺のレベルは七十八ね。とりあえずCランク戦でやってるけど、本気出したらとっくにBランクにいるレベルだから」

「あ？」

それぞれのランクによって戦術パターンとか魔法レベルとかがあるから、そのへん研究しながら戦ってる。Cランクにもなれば個性的なスキルを使ってくる闘士も時々いて、そういうのも研究したいんだと千葉は言う。

「レベル的に俺が優位なのは変わらないから、あとは上に行ったときに慌てないで済むだけの知識っつーか経験が欲しいの。これぱっかりは実戦で見てくしかないから、念のためにスピード落として走ってるわけ」

スキルは大事だと千葉は前にも言っていた。

自分はチートのくせに。

「よくわかんないんだけど、ようするにあんたは周りより強くなってから、余裕で戦ってるってこと？」

「そうそう。たとえば一気にレベル二百くらいまで上げて闘技場のトップになることもできるのよ。でもそこをあえて戦略的にレベル調整してんの。その場その場で飛び抜けて強いことは大事だけど、いっぺんにトップに立っちゃうと名声と引き替えに不都合も出てくるし」

Aランクの四人にまで上がって五十回ランク防衛したら、Sランクになって爵位ももらえて貴族になる。その代わり国の重鎮になるので、自由に動き回れなくなる。

そうなっちゃう前にレアな装備も見つけたいし、ソロでの森の最奥探索記録をマークしたいし、違う街にも行きたいから忙しい。

やりたいことがたくさんあるから、いきなりゴールには行かないんだと。

「そろそろBランクに上げてくけど、その前にレベルは百くらいにしておきたいかな。たぶん今の闘技場のトップはレベル百五十くらいで、その人はSランクになるの嫌って年初めの一戦しか出てこないみたいでさ」

そのAランカートップの人は、双剣使いのじいさんらしい。

四十代で闘技場デビューしてから、まだ誰にも負けたことがないんだとか。

「まあ、いずれ俺がそのじいさんを倒してトップランカーになるわけだけど、向こうが出てこないのにこっちが焦ってもしょうがないし。その前に、平民でしか体験できないこともやっておきたいわけ」

なんだかよくわからないけど千葉は教室では見せたこともない顔で笑う。

あたしなんて、娼館で売り上げ三位以内を目指しているけど、それでももらえる手当は月千ルバーくらいで、あとは上客接待用に部屋がちょっと広くなるくらいだ。

あーあ、あたしも男だったら異世界も楽しめたのかな。

「でも、俺が言ってたとおり闘技場では有名人ってことはわかったでしょ？」

千葉こと紅の人は確かに強かった。相手に好きにさせといて、余裕で技を受けきってからの一撃で勝っていたし、周りの同ランカーと比べて一回りは若いし。

十六倍は伊達《だて》じゃないって感じだった。ルールとかよくわかんないけど、たぶん千葉に賭けるやつが多かったから倍率も低かったんだろうし、場内も勝って当然っていう空気だった。

この闘技場近くの食堂でも、チラチラと千葉を見ている人が多い。カープの帽子みたいな変な髪型が珍しいんじゃなくて、おそらく有名人だから。

千葉は偉そうにふんぞり返ってニヤニヤしている。

あたしは脳内スマホでゲームを始める。

「あ、あのっ。紅のエンドレスレインさんっ」

可愛い声で呼ばれても、最初は誰のこと言ってるのかわからなくてあたしも千葉も無視してて、もう一度呼ばれてから「千葉のことじゃね？」って振り向くと、そこには白い衣装を着た女の子がいた。

白い帽子（？）に長くて真っ直ぐな黒髪。ぱっちりした目。肌まで白い。いかにも男子ウケしそうな千年に一人レベルの美少女が、胸の前で手をモジモジさせている。

「わ、私、教会シスターのキヨリと申しますっ。紅のエンドレスレインさんの戦い、いつも見てますっ。すごく強くて、尊敬してましてっ。あの、その、もしよかったら……私にあなたのパートナーをやらせてください！」

千葉は、呆然とそのシスターとかいう子を眺め、そしてあたしを見た。いや、知らんし。

「え、え？　俺のことかな？」

「あんたしかいないだろ、ひとりエックスジャパンなんて名前のヤツ」

何がおかしいのか千葉はだらしない顔で笑い、「エックスジャパンじゃねーし」とヘラヘラしたあと、「エックスジャパンじゃねーかっ！」とビックリした顔であたしを二度見した。

「やっべ、完全見落としてたー。カッコイイ単語を組み合わせてたら先人いたわー」

おでこをバチンと叩いて、千葉は天を仰いだ。

好きでパクったんじゃないのかよ。前世にセンスを置き忘れてきたのかよ。

「千葉。それよりこの人、困ってるみたいだけど」

シスターのキョリちゃんっていうの？　舞い上がったり落ち込んだりする千葉にほっとかれて戸惑ってる。

でもこれだけ可愛い子に迫られたら、千葉は鼻血出して喜ぶんだろうなーと思ったけど。

「悪い。俺、パートナーはもう決まってる」

意外にも千葉はそっこーでフッてた。

どうせこっちの世界でもぼっちだろと思ってたから、コイツにすでに相棒がいたこともあたしには意外だった。

バリバリに固めた前髪を無理やりかき上げ、驚きの顔をしているシスターに肩をすくめて、千葉はあたしを親指でさしながら言った。

「人生のパートナーがね」

本気でキレたあたしは千葉に「おまえが払っとけよ」と言ってお茶を奢らせ、さっさと店を出て行った。

クソが。調子に乗るな。千葉のくせに。

どれだけ立場が逆転しようが、何回買われようが、あたしがあんたみたいなオタクと付き合うことは一生ねーし、おまえのメイドなんかにも絶対ならない。

絶対だぞ。

「ちょ、待てよ！」

しかしなんか千葉のヤツも、「俺主演の月9始まる〜」とでも思ってるのか、キメ顔（迫真）で追いかけてくるもんだからマジでウゼー。

「俺、アイツのことなんて何とも思ってねーから。誤解すんなって」

「誤解って何よ？　あたしも知らねーし。断るにしても付き合うにしてもあんたの勝手なんだから、あたしをダシにすんなってムカついてんだよ」

「おい、落ち着けって。会ったばかりの女だぞ？　ちょっとかわいかったからって、俺が浮気でもすると思ってんのか？」

「浮気じゃねーし、むしろあの人と本気で付き合ってほしいし。つーか、急に席立ったせいで誤解させたんならゴメン。あたしがイラついてんのは、あんたにカノジョ扱いされたことだから」

「そうだな……ハルが俺の奴隷になったら、立場は対等じゃないもんな。でも俺、そういうの気にするほどちっちぇー男じゃねぇから。たまには素のおまえを見せてくれてもいいんだぜ」

「あ？」

「え、いや、なんで怒ってるの？　だから俺、ハーレム攻略も順序が大事だと思ってるし、最初の女は元同級生で奴隷メイドのハルで決まりと思ってるし……」

「マジで意味わかんねーぞ。てめーの頭の中の変態ストーリー、そのままあたしに通用すると思ってんのか？」

イライラ爆発しそうになった寸前、さっきの白いヤツが叫ぶ。

「やめてください！」

大きな瞳に涙を溜めて、わりにでかい胸を揺らしていかにもヒロインみたいな顔で。

「お願いですからやめてください。私のせいで、お二人がケンカなんてしないでくださいっ」

誰か助けて～。

＊

これ以上ごたごたする前に「解散！」と宣言して、あたしはさっさと店に戻る。

千葉がどんな生活をしているのか、だいたいわかった。あたしはあたしで、地道に稼ぐことにしよう。

「でねー。結局その知り合いが勝ったせいで五ルバーも損しちゃって」

「は、はあ。残念っすね」

汗をかきかき、一生懸命あたしの話を聞いてくれる相撲部を、最近はちょっとかわいいヤツだと思えるようになってきた。

肉とかもらってるし、コイツがいると指名も増える。舎弟にでもしてやろうか。

「ハル、ご指名ー」

ほい来た、さっそくスモーブ効果でご指名だ。

「ありがとうございます〜」

ただ、その青ひげのおっさんには、見覚えがあった。

あたしが今日五ルバーも損させられた男。千葉にボコにされてた対戦相手だ。

「──壁に手をついて尻を向けろ」

まさか、あたしが千葉とお茶してるとこ見たわけじゃないよね？

なんとなく聞けずにいるし、違ったらやぶ蛇なんだろうなと思って黙ってるけど、青ひげのおっさんも余計なことなど言わせない雰囲気で、テキパキとあたしを犯す準備を進めてチンポをさっそく入れてくる。

ヨグは塗ってるとはいえ、いきなり奥まで突っ込まれるとちょっと応えた。

おっさんはでかい手であたしの尻を鷲掴みにしてゴンゴンと太い腰をぶつけてくる。筋肉でぶっとい腕。グローブみたいに硬い手のひら。こんなのが槍《やり》を持って立ってたら、あたしならビビる。

千葉、こんな人にも楽勝なんだ。それは確かにまあ強いのかも。

などと感心していたら、おっさんは耳元で低い声を出す。

「紅の女か？」

あ、やっべ。

「……あん、あぁん！」

「とぼけても無駄だ。店で一緒にいたな。紅のエンドレスレインの女なんだろ」

「いっ！」

感じてるふりしてる尻を、熊みたいな手で千切れるくらいに摑まれて思わず悲鳴をあげた。

「た、ただの友だちですっ」

「ウソをつくな。俺の女だと紅は言っていただろ。痴話げんかしているところも見たんだぞ」

「痴話げんかじゃないです〜。本当にただの友だちです〜」

「とぼけるなと言ってる」

「やっ！」

髪を摑まれ、引っ張られる。これほんとハゲそうで嫌い。

「紅の女が、こんなところで娼婦をやってるとはお笑いだな。他の連中にも教えてやろうか。アイツに恨みを持ってる闘士は腐るほどいるぞ」

　やっべぇなぁ、これ……どうしよっかな……。

「何とか言え、おら！」

　おっさんの鼻息が耳にかかる。

　あたしの中でチンポがビンビンに固くなってく。

「大人を、おちょくりやがってっ、おまえらみたいな、ガキが、偉そうに、ええっ、こらぁっ！」

「あんっ！」

　マンコに突っ込まれたまま、歩かされて窓辺に立たされる。顔をガラスにベタ付けされる。

「おまえの顔、覚えたからなっ。これからは普通に街を歩けると思うなっ！　俺の仲間が、いつでもおまえを犯してやるからな！」

　多分、マジでありうるんだと思う。

　この男尊&女卑の世界じゃ娼婦がどれだけ地位が低いのかも身をもって知っている。そこらへんで犯《や》られたくらいじゃ、官兵さんだって守ってくれないに決まってる。

　どうしたらいいんだろ……。

あたしの顔と胸がガラス窓に張りついてギシギシ揺れる。

ところでこの格好、窓の向こう側から見たらかなりエロいんだろうと思うけど、あたしとおっさんには何の得もないよねって気がしてる。

「ガキがっ！　犯《や》ってやるっ。死ぬまで犯ってやるからな！」

チンポ抜かれたと思ったら、ベッドの上に放り投げられた。

この世界の男、本当にレイプ好きだよ。あたしはだいたい一晩で二回か三回はこうやって放られてる。

おもちゃみたいにされるのは慣れてきたけど、こんなのを二十四時間どこでもやられてたら、それはさすがにきついんだ。

おっさんは、あたしの足をガバッと開いて、またそのデカチンポを突っ込んでくる。

それに合わせて、思いっきりエロい顔して声を上げてやった。

「あぁん、すごいっ。おじさんの大きいよぉっ。こんなの初めてっ。頭、どうにかなっちゃいそうっ」

「お、おぉっ。そんなにいいのか、メスガキっ。紅のガキチンポよりも、俺のデカマラが気に入ったかっ！」

「うん、好きぃ。おじさんのデカマラ、すごい好きぃっ」

青ひげの唇にぶっちゅする。舌も突っ込んでニュルニュル動かすと、おっさんも調子に乗って伸ばしてくる。

舌の絡ませ合いなら負けない。おっさんの動きが緩慢になっていく。やがて、ポーッとした顔でだらしなくよだれを垂らすのだ。

ふっ。あたしのキスはレベル百だぞ、Cランカーめ。

「好き……おじさんのチンポすごい好き。あたしをおじさんの女にして？」

男って本当にバカだなって思うときたまにあるけど、一番バカになってるのはセックスをしている最中だ。

「おぉっ。てめぇは今日から俺の女だっ。紅のことなんて忘れるくらい、俺のに夢中にさせてやるぜ！」

脳みそがチンポになってるとしか思えない。

チンポに夢中なのは、女じゃなくて男だと思うよ。

あたしを膝の上に抱いたおっさんに合わせて、腰を振った。あたしのマンコに惚れやがれって勢いで、たっぷりサービスダンスしてやった。さらにぶっちゅうとキスをして「あたしを奪って」って耳元で甘くささやく。

「あぁっ、アイツは俺がぶっ殺してやるっ！　だから、おまえは俺の女房になれ！」

「やったぁ嬉しいっ。早く紅のバカをぶっ殺してぇ！」

こうしてあたしとおっさんは両思いになった。

でかい尻がギュッと締まって、そろそろ出るかなって思ったのであたしもマンコ締めつける。

「もうダメっ、あたし、もうダメっ、おじさん、イク、イクぅ！」

「イけっ、おらっ！　天国までイかせてやらぁ！　うおおおっ、うぅ！」

よし、イッた。

あたしはすかさずアヘ顔キメて失神したふりでやり過ごす。

おっさんが満足して出て行くのを見届けてから、シャワー浴びて急いで酒場に戻り、厨房に隠れてバカを待つ。

「あの～、ハルいます？」

「来たなバカが！」

まあ、いくら卑怯なチートクズ野郎でも命まで狙われるのはかわいそうっていうか。

顔面にパンチしてから事情くらいは教えてやっかと思ってたんだけど、千葉の格好を見てあたしがひっくり返った。

「血まみれじゃん、何それっ？」

「あぁ、返り血。さっきそこで闇討ちに遭ってさ。ほら、今日俺と対戦してたおっさんいたじゃん」

「えーっ、やめてやめてっ。マジやめて、そういうの聞きたくない、本気で引く！　なにも殺すことないじゃん、バカ！」

「は？　いや、殺してねーし。まあ、二度と武器を握れないぐらいにはした感じ？　こっちの世界は仇討ちと返り討ちは無罪らしいから、ぶっ殺してもよかったんだけど」

「やだもう、信じられない！　なんなの、ここサバンナの世界なのっ？　怖い、すごい怖い！　なんでそんな残酷なことできちゃうわけ！」

「別にいいじゃん、俺は嫌な思いしてないし。それよりちょっと一緒にシャワー浴びよう。昼間のことで話が――」

「嫌だって、こっち来んなって！　今のあんた、マジで紅のエンドレスレインじゃーん！」

さっきまではあたしにもちょっとは責任あんのかなって思ったけど、いやいやどう考えても全部千葉のせいだし。

あたしは「今夜は絶対あんたとは寝ない」って初めて客を拒否った。

千葉は、「だったら昼間の子とイベント進めちゃうぞ」ってわけわかんないこと言ってた。ルぺちゃんは、そんなあたしたちを見て「また痴話げんかしてる」って少し不満そうにする。

いやしてねーし。マジしてねーし。

あたしまだ血まみれのキモオタとラブコメるほど異世界に馴染んでないから！

# にゃんにゃん大作戦

どうしてこうなったのかはあたしもよくわからないけど、こないだ千葉こと紅のにわかカープファンを逆ナンしていたキヨリちゃんっていうシスターと、二人でベンチでお茶していた。

いつもシクラソさんとルペちゃんと楽しくランチしている場所が、今はなんだか気まずい空気に包まれている。少しずつ通りを歩く人は増えてきて、女の人はだいたいあたしみたいに短いスカートを穿《は》いてたり、男と腕を組んでたりする。

ここは娼婦の多い裏道の繁華街。

キヨリちゃんは眉をしかめ、口元を手で隠す。

「こういう場所に来るの初めてなんです」

箱入りのお嬢様って感じの、きれいな形をした横顔が困ったように赤くなる。

「あー。普段は教会とかあのあたりで遊んでるの？」

たぶん千葉のこと言いに来たんだろうなーとか、あたしの勤め先を教えたのもアイツしかいよなーとか、とにかく千葉を早くコロシタイ気持ちを抑えて、差し障りのなさそうな話題をふる。

「いえ、私はもう教会より天使名をいただいていますので。今は病院など教会の外で活動させてもらってます。早く冒険者ギルドにも登録していただいて、前線でもお役に立てるようになりたいと思ってますが」

ボソボソと小さな声で早口に言ってんだけど「はあ」としか言いようがない。

多分、こっちの世界の宗教クラスタの人たちの話なんだろうけど、あたしはこっちの常識すらよく知らないんで。

「小さい頃にモンスターから冒険者の方に助けていただいたことがあったんです。それからずっと彼らと一緒に魔物から人々を守る仕事がしたいと思ってました。必死に勉強して、資格をいただいて、どうせなら強い方と組ませてもらってできるだけ多くの方を助けたいと思って、闘技場にも足を運んだりしました。そこで出会ったのが、あの紅のエンドレスレインさんです」

「人生これからってタイミングで、面白いことしちゃったんだねー」

「あの方は本当にお強いです。あの若さで、常に堂々とした戦いをなさって、そして相手に対してもとても敬意を払ってらっしゃって。尊敬できる御方です」

敬意？　あれは自分の研究のために、わざと相手に技を出させて眺めてるだけだと思うけど。

スキルやレベルっていう裏ステータスの存在すら知らない彼女たちは、千葉がどれだけ余裕を持って戦っているのか知らない。

アイツは周りを超見下してるのだ。チートっていう、ずるいスキルで。

「でも、フラれちゃいましたけど」

「あ、いやー。アイツのあれは、冒険のパートナーとしてって意味じゃないと思うよ。モテたことない男って、女の子に誘われたら全部恋愛関係に受け取っちゃうんだよね」

「……いえ、私も恋愛してますから」

「え？」

「紅のエンドレスレインさんが好きです。好きな人と一緒に冒険に行きたいと思って、声をかけさせていただきました」

キヨリちゃんは真っ赤なほっぺで早口に言うと、キリッとあたしを見る。

あ、なんかこれやっべーぞ。誤解ありまくるぞ。

「ハルさんと紅のエンドレスレインさんの関係はお伺いしました。あのときは突然、失礼をいたしました。ですが、失礼を重ねて言わせていただきます。こ、このようなお仕事をしながら紅のエンドレスレインさんとお付き合いをするというあなたの姿勢を、私は疑問に思いますが」

「いやー、それなんだけど。誤解っていうか、そもそも紅の人もすんごい誤解してるんだけど、あたしがアイツに愛想いいときってお金もらってる間だけでね。結局のところ、アイツとあたしはただの知り合いでそれ以上のもんじゃないんだよね」

「に、肉体関係もあると聞きましたっ。仕事を超えた関係だって」

「それだって仕事の範囲でしかしてないし。そりゃあたしにとっては唯一の顔見知りだし、最初のうちはこっちから頼んで通ってもらってたから、少しはサービスしたよ。演技だってするし」

「サ、サービスってどういうことですか？　演技？　なんのお芝居をするんですか？」

「んー、一発終わったあとにフェラしてやるとか？　下手くそでもイッたふりするとか、普通に誰にでもすることだよ」

「……ふぇらって何です？　それで、どこに行ったふりをするんですか？」

「お約束だよね〜。そういうこと言いそうなキャラだと思った」

「な、何ですか。バ、バカにしないでくださいっ」

バカにはしてないけどさ。

こっちがバカにされてる気分にになるよね。仕方ないけど。

「つまり、アイツは勘違い野郎だから勝手に舞い上がってるだけなんだ。たぶんこっちの世界に上手いことハマれて、ハシャいじゃってんだな。でもあたしは元々のアイツがどういう人間か知ってるから間違っても付き合うことないよ。心配しないで」

「……ではお二人は結局、どういう関係なんでしょうか？」

「だから今言ったとおりの――」

「あの人も、時々『こっちの世界』とか、『過去の自分を知っているのはハルさんだけ』みたいなことを言っていました。まるで二人しか知らない世界があるみたいに。そしてあなたも、たった今『こっちの世界』と言いました」

「い、言ったっけ？」

「はい、言いました。あなたたちは、まるで別の世界から来たようなことをおっしゃるんですね。それにあなたたちは、二人とも時々私の知らない単語を使います」

キヨリちゃんは、相変わらずボソボソと小さな声で、じっとあたしの顔を詰問するみたいに見つめる。

やべ。

「いやぁ～。出身地が同じなだけだよ」

「そうでしょうか？　私も紅のエンドレスレインさんから感じたものと、同じものをあなたから感じます。上手く言えませんが、このあたりの人にはない空気をまとってます。首都の人たちとも違う……もっと大きな文化を感じます」

それは東京の空気だよ。

と、言ったとしても何も通じないのはわかっている。マダムだって、あたしの話は一個も信じてくれなかった。

千葉みたいに、こんなバカげた話をあっさり受け入れてアドベンチャー始めちゃうようなアニメ脳の人間なんて、ここにはいないんだ。

「あたしとアイツは、たまたま一緒にこの街に流れてきて、他に知り合いがいないから顔を合わせてただけ。もともと気が合うタイプじゃないから、そのうち疎遠になると思うよ」

アイツもアイツで、このキヨリちゃんみたいのと付き合うようになったらあたしのとこなんて来なくなる。

あたしも、もう千葉に通ってもらわなくても大丈夫なくらい固定客もついてんだ。

そのうちたまに顔合わせたら手を振りあうくらいの関係に落ち着くんだろう。

「……では私は、どうしたらいいでしょうか？」

そういうの、あたしに聞くのおかしくね？

と、突っぱねるのは簡単だけど、面倒くさいこの人たちは放っとくと永遠にクドクドと回りしてるんだろう。

「紅の人は、あなたみたいな子が本当はタイプなんだと思うよ。あたしに執着してんのも初めての女だからってだけだから。気にせずいっとけー」

「でも、私はハルさんみたいに可愛くありませんし……」

「うわめんどくせ〜。こいつマジめんどくせ〜。

「え〜、キヨリちゃんのほうが絶対可愛いよ。アイツも好きな顔だと思うな〜」

「そ、そんな。からかわないでくださいっ」

あたしは適当に話を合わせながら、様子を窺いに顔を出してたルペちゃんにバチバチのアイコンタクトを送る。

ルペちゃんは親指を立て、今来たばかりのふりをする。

「あ、ハルちゃーん。私たち、そろそろアレの準備しないと」

「そうだ、アレの準備があるんだった。じゃあ、がんばってね。応援してるから！」

「え、あの！」

あたしは急いでアレの準備のために退散する。

まったく、陰キャは陰キャ同士でさっさとくっついとけ。知るか。

あたしはあたしで、売り上げ順位を上げるために忙しい。

もうなりふり構ってられないと思ったから、とうとうこの異世界に異文化をぶち込んでやることにしたのだ。

「にゃんにゃん♪」

手作りのネコ耳カチューシャを装備して店に出た。

黒ワンピに黒ネコ耳のあたしは最高にイケてる。イケてるんだ。自分を信じろ。

「ハルちゃん、それすごい斬新。かわいい！」

店内もざわついてる。そう、あたしは感性の彼方からやってきた改革の女神だ。異世界でかわいさ無双してみせる。

「えっ？」

入り口で、誰かでっかい剣を落とした音がした。

「うっそ、ハル、まさか俺のためにそのネコ耳を……？」

めんどくせーやつ来たぞ、おい。

「あの、ハル。確かにあのキヨリって子はまあまあ可愛かったけど、俺のためにどこまで尽くせるかって基準で順位をつければやっぱりハルが――」

「うるせーよ、にきび面ジャパン。今日もおまえのせいで面倒くさかったから寝てやんね。ルペちゃん、この人とおしゃべりタ～イムしてさしあげて！」

「え、わ、私？」

なかば強引にルペちゃんと千葉を引き合わせて、あたしは営業スマイルをばらまきに回る。にゃんにゃん笑顔で媚び売りまくり。

千葉はおしゃべりタイムの後もルペちゃんを買わないで「俺は帰るけど」と何回もわざ

とらしく声をかけてきたけど、忙しいふりして無視をした。

千葉はしつこくあたしのネコ耳を狙ってたけど、最後はトボトボと帰っていった。ルペちゃんに様子を聞いたら、「まあ最初はあんなもの」って、それなりの手応えは掴んでたみたいだった。さすがルペパイセン。

というか本当に忙しい。あたしもあたしで、ネコ耳の手応えを感じてる。飲みに来てるお客さんにたくさんイジられたし、相撲部なんて顔見ただけで真っ赤になってた。

相撲部とネコ語でおしゃべりしてやっかと思ったけど、その前に鍛冶屋《かじや》のおじさんが「昔飼ってたネコを思い出す」と言ってあたしを二階に買ってくれた。

あたしは、思いっきりネコプレイしてあげることにした。

「にゃ～ん」

「お、おい、くすぐってぇよ」

おじさんの毛の生えた乳首を舐める。

裸にネコ耳で、あえてソックスも穿いている。これでしっぽも作れたらもっとネコっぽいんだろうけど、何で作ればいいかわかんなかったんだよね。

「可愛いな、ほんと」

おじさんは頭をナデナデしてくれた。本当にネコちゃんを可愛がってたんだろうな。

あたしはおじさんのチンポを咥えにいく。まだふにゃふにゃのそれを口に入れてから、キンタマをネコっぽくツンツンしてみる。

「ははっ、ふざけるなって。もうネコの真似はいいって」

満更でもないくせに、おじさ～ん。

ムズムズと太もも震わせてる。

あたしの口の中でチンポも固くなってくぞ。

「にゃん？」

おじさんは、照れくさそうに目を逸らした。

あたしはネコっぽくジロジロとそんなおじさんの顔を近くで見つめてから、くるりとお尻を向けて四つんばいになって高く上げた。

「にゃ～ん？」

ヨグとスキネを塗りたくって、テカテカに濡れたオマンコ。

おじさん、知ってんだよ。普段はめったに嬢を買わないおじさんだけど、お尻を眺めるのは好きだよね。

こっちの世界の男って、胸より尻が好きなんだよね。

「…………」

おじさんは無言でチンポ近づけてくる。あたしはわざとお尻を振って逃げる。

顔を赤くして、「こら」ってネコを叱るようにおじさんはあたしのお尻を摑まえる。

チンポ、突っ込んでくる。

「女房とも、もう何年もしてねぇからよ。下手くそだと思うぜ」

照れくさそうに言い訳してから、腰をゆっくり動かす。

顔に似合わず恥ずかしがり屋なんだ。このくらいのペースでされるの久しぶりだから、なんだかくすぐったくて、ちょっと気持ちいい。

「にゃあん」

「それ、もういいってば」

「にゃん、にゃあーん」

「……ったく」

おじさんに合わせてお尻を振ったげる。真っ赤になったおじさんは、だけど気持ちよさそうな顔してる。

「ほんと、可愛いネコだな」

よかった、喜んでもらえて。

なんだかこれって気分いいかも。あたしは正しいサービスしてる。ネコ耳作戦大成功って感じだ。

おじさんは少しずつ腰が速くなってく。自信、取り戻してくれたみたい。

「にゃあん、にゃっ、にゃんっ、にゃあ！」

「あぁ、いいぞ。そろそろイけそうだ。イく……イくぞっ！」

しっぽ欲しいな、やっぱり。こういうときにピンって立ったらかわいいだろうな。

おじさんはあたしの中にたっぷりと出してった。

そして、気まずそうに服をもそもそ着ながら、「また指名していいかい？」と聞いてきた。

「もちろんにゃん♪」

おじさんは照れたみたいに笑って、五ルバーもチップをくれた。

いえーい。

ゆっくりシャワーを浴びて、ネコ耳セットオン。今日はたくさん稼げそう。

しかしルンルンと階下に降りてったら、なにやら騒がしい。

ギルド長んとこのぼんぼんとその取り巻きが、大声を出していた。

「おい、シクラソどこだ？　今日はいる日のはずだろ？」

「坊ちゃんが来てるんだぞ。出てきて挨拶くらいしたらどうだ」

「噂を小耳に挟んだが、まさか男と逢い引きしてんじゃないだろうな。坊ちゃんに断らずに勝手なことをするなと言ってあるはずだぞ」

糊《のり》でもつけてんのかってくらいにべっとりと固めた髪を七三にして、気取った服を着て上流の人間ぶってはいるけど、粗野な性格がそんなものでごまかせるわけもなく。

取り巻き二名を従えて、ヘビみたいな顔としつこさでシクラソさんの陰口ナンバーワンの男が、マダムに絡んでいる。

「生憎ですが、シクラソは本日休暇ですの」

「あぁ～？　じゃあ、やっぱり男のところへ行ってんのか？」

「いえ、家族に会いに行くと言っておりました」

楽しみにしていた週末デートだ。こんな男に邪魔なんてされたくないはず。マダムだって、嬢の幸せを願ってくれている。

しかしぼんぼんは、口を曲げて笑う。

「家族？　おまえら娼婦にそんなものあるわけないだろ。犬っころでも連れてくんのか？」

取り巻きだけが笑い、他の客はどん引きする。

マダムはさすがにニコリとぐらいしてたけど、ネコ耳付けてるあたしでも全然笑えない。

「お坊ちゃま、今ならうちのナンバーワンの部屋が空いてますが」

「いらね。俺はシクラソの歌を聴きに来たんだ。そしてアイツの尻に用がある。呼んでこい」

「……お酒を用意させます。ごゆっくりお楽しみください」

表情一つ変えないマダムもさすがだけど、ギルド長の息子が相手じゃさすがにやばい。酒を出して飲ませても、他の嬢に相手をさせようとしても、ぼんぼんの気は収まらないみたい。

いつもこんなヤツの相手をしているシクラソさんマジえらい。それなりに金も落としていってくれるんだろうけど、こういうヤツはあたしも大っ嫌いだから尊敬するわ。

陰口言いたい気持ちもわかる。

「おい、犬っころいるじゃねぇか」

ぼんぼんが、こっち見て何か言ってる。こんなところに子犬ちゃんが？　どこかしら？

「おまえだ、そこの黒いチビ。おまえがシクラソの飼い犬じゃねぇのか？」

「い、いえいえ、ネ、ネネネコで～す」

めっちゃ動揺して噛みまくった。

えー、ちょっと今のあたしに絡むのは勘弁してください。痛々しさハンパなくなるから。

「おまえ、シクラソがどこ行ったか知ってるか？　飼い犬なら知ってて当然だよな？」

だいたい知ってた。あの人、意外と口軽いから。

でも、あたしは死んでも言わん。

「それとも、シクラソの代わりにおまえが俺たちの相手をすんのか？　あぁん？」

ルペちゃんがお酒を持って近づこうとするのを、あたしはアイコンタクトで止める。サンキュー、親友。でも、あたしだって友だちのために体を張る覚悟くらいはあるんだぜ。

「お相手させていただきまーす。わんわん！」

ネコだけどな。

ヤツらはバカにするように笑うと目配せをして、取り巻きの一人が分厚い高そうな財布を出す。

「じゃあ、まずはおしゃべりターイム」

ぼんぼんはテーブルに四十ルバー積む。

それはシクラソさんを座らせるのに必要な金額なんだけど、あたしにもちろん異存などなく、遠慮なくいただいて座ろうとすると「そこじゃねぇだろ」とぼんぼんは怒鳴る。

「犬が何で椅子に座るんだよ。そこにお座りしろ」

自分の足元の床を指して、嫌な顔して笑う。

他の客は見て見ぬふりだし、相撲部はオロオロするだけだ。

千葉、なに帰ってんだよ。おまえが役に立つのはこういうときだろ、フェラしてやるから戻ってこい。

「……くぅ〜ん」

しかし、もちろんアイツがそんな空気の読める行動をとれるはずがなく、ネコ耳大失敗だなと思いながら、あたしは床に正座した。

# わんわん（猫）

「なんかしゃべれや。金払ってんだぞ」

ぼんぼんとその取り巻きは、床に正座させられたあたしを冷たい目で見下す。

「えーと、あたしの知り合いに紅のなんとかって名乗って闘技場で働いてるヤツがいて、コイツがまたすごいバカで超ウケるんだけどぉ。こないだ――」

「犬」

「はい？」

「犬がペラペラしゃべるわけねえだろ。わんわんって言え」

「……わんわん、わおーん」

ぼんぼんたちは大声で笑っている。でも酒場は冷え冷えだった。

これイジメ？　イジメなの？　まずったな……こういうイジられ方って慣れてないし。

「犬、おまえは一発いくらだよ？」

「七十ルバーだわん」

「じゃあ、買ってやるよ」

テーブルの上に七十ルバーが積まれ、ぼんぼんは言う。

「じゃ、まずはしゃぶれ」

座ったまま、動こうとはしない。

ここで始めろって感じで、冷たい目で見下ろしてる。店内は静まり返り、冷え返り、あたしのネコ耳はハゲてしまいそうだった。

「わ、わぉん？」

「しゃぶれっつってんだ、犬。そのくらいのしつけはできてんだろ？」

さすがにそれはないっしょと取り巻きのみなさんを見るけど、彼らもすごい顔をして睨んでらっしゃる。この子犬だか子猫だかわからない哀れな生き物を。

マダムが咳払いしながら近づいてくる。

「お坊ちゃま、特別なお部屋をご用意しますので――」

「うちの親父も若い頃ここでこうやって遊んだってなあ。酒を飲みながら仲間と一晩中女どもマワしたって言ってたぞ。マダム、あんたもいたんだって？」

マダムは顔色も変えずに、それでも一瞬言葉を詰まらせながら「そうでしたかしら？」と微笑む。

でも、それ以上は何も言い返せない。たぶん本当のことなんだ。ここではそういうことを、平気でできちゃう男がゴロゴロしている。

あたしは空気を読んで、「しゃぶらせていただきますわん！」と言う。

店内がざわつくのを見てぼんぼんはまた笑う。

「賢い犬じゃねーか」

「わんわん！」

ぴったりしたスーツみたいな服のボタンを外していくと、意外とでかいチンポが出てくる。

あたしはそれを握ってペロペロと犬みたいに舐めた。ネコ耳なんだけど。

「へっ、見ろよ。犬っころだぜ」

生意気にも、すっげぇチンポだった。黒くてピーンと反り返ってる。写真撮って友だちに見せてやりたいくらい。

ぼんぼんも自慢したいのかもしんない。あたしは他のお客さんにも見えるように下からゆっくり舐め上げて、でかいチンポアピールを手伝ってやる。

「どうだ、犬っころ。坊ちゃんのチンポの味は？」

取り巻きの男がアホみたいなこと言う。

あたしも「とってもおいしいわん」とアホみたいに返す。

ゲラゲラ笑われ、「じゃあ咥えろよ」と頭を押さえつけられ、無理やり口の中に黒チンポを突っ込まれた。

そのまま取り巻きの男が髪の毛を鷲摑みにしてあたしの頭を揺する。喉の奥にぶつかって涙出るくらい苦しいのに、あたしのその顔が面白いらしくて余計にスピードアップされて口の中めちゃくちゃに使われた。

「んんっ、んーっ、んっ、んっ」

「おら、歯ぁ立てんじゃねぇぞ」

「坊ちゃんのチンポに傷でもつけたらどうなるかわかってんだろうな」

酒場はもう誰もしゃべる人もいなくて、ポツポツお客さんも帰り始めて、あたしとしてはもう一秒でも早くイけよバカって感じだけど、店の空気が冷え冷えのまんまじゃ嬢としても責任を感じてしまう。

あたしがイジメられてるとこ見て、興奮してるゲスだって多分いらっしゃるんでしょう。そういうの男は好きなんでしょう。

見てらっしゃい。あたしだってプロだ。唾いっぱい溜めて音を立ててやる。スカートの中に手を入れて、オナニーしてるふりもする。

「ははっ、見ろよ。この犬、スケベ始めたぜ」

「犬以下だな、コイツ」

「おら、もっと奥まで咥えるんだよ」

「んんーっ、んっ、きゅぷっ、んんっ、んんっ」

客の視線がねっとりしていくに従って、ぼんぼんたちは調子に乗っていく。

「ハルちゃん……」

誰かが心配そうにあたしの名を呟く。

でも、そっち構ってるヒマはない。苦しくて息できなくなっていく。黒チンポだんだんムカついてくる。

そんで、予告なしにいきなり射精してきやがった。

あたしの髪の毛摑んでるバカが、思いっきり押さえつけたせいで喉チンポに黒チンポが衝突して、しかも精液が流れ込んでくる。

「うっ、げほっ、ぐっ」

「いてっ、こらぁ！」

むせたときにちょっと歯が当たったら、ぼんぼんはあたしの頬をびんたした。

「ざけんじゃねぇぞ、クソ犬。ってぇな……おい、押さえろ」

口から精液垂らしてひっくり返るあたしを、今度は取り巻きのお兄さんたちが持ち上げてテーブルの上に腹ばいにさせる。

そしてスカートめくりあげて、白い下着を丸見えにされる。

ざわつき始めた店内の誰かが「おっ」と嬉しそうな声を出し、あたしのお尻がつるんと剝《む》きだしにされたら、口笛を吹くやつまでいた。

「バカ犬にはしつけしてやらねえとな」

ぼんぼんはベルトを抜く。こっちのベルトは木の皮をなめしたもので、革よりもゴワゴワして硬い。それで思いっきりお尻を叩かれた。

「いったぁーい！」

あたしが大声出したら、また叩かれる。

「犬がっ、しゃべるんじゃねぇっつってんだろ！」

皮膚が裂けてんじゃないかってくらい痛い。

でもあたしは我慢して、犬の鳴き真似をする。

「きゃい、きゃいーん！」

「ははは、バカ犬が！」

三発で許してくれたのは、あたしがちゃんと犬の真似ができたからかもしれない。

でも、ぼんぼんのしつけはそれで終わりじゃなくて、もうガチガチになってるチンポを近づけてくる。

また誰かが口笛を吹く。好きにしろよって感じであたしは「あおーん」と鳴く。

「お待ち下さい、お坊ちゃま。すぐに準備させていただきますので」

マダムがタオルとローション持って近づいてくる。

ぼんぼんに叩かれたお尻にローション塗られてちょっと沁みたけど、傷にも効くっていうヨグのローションはすぐにじんわりと痛んだ肌にも馴染んでいく感じがした。

（もう少しで終わるから、我慢してちょうだい）

マダムはあたしのマンコにローション突っ込みながら小さな声でささやく。

（この店を蹂躙《じゅうりん》して面子《メンツ》が立ったら満足して帰ってくださるはず。あなたには有給をあげるから、もう少しだけお願い）

スキネも突っ込まれながら、あたしは「くぅ〜ん」と鳴く。

こんなの、こっちの世界じゃ珍しくもない。いつあってもおかしくない。

娼婦で食べてくって決めてんだから、このくらいの変態サービスなんのそのよ。

「おい、メス犬。おねだりはどうした？」

はいはい、バカヤロウ。

「お、お客さまのおチンポが欲しいわんわん」

「もっとだろ」

「お客さまの黒くて硬いおチンポ、すぐ欲しいわんわん」

「もっとだ」

「お客さまの逞《たくま》しくて黒光りした立派なおチンポで、バカなメス犬におしおきしてほしいわんわん！」

「あっはっ。マジで頭おかしいぜ、この犬っ！」

他のお客さんまで笑い出して、あたしはムカついたり恥ずかしかったりで頭ボーッとしていた。

みんなに見られて、笑われて、犯されそうになってんのに、もういいやってなっちゃってる。

あぁ、あたし、バカになっちゃうのかな。

「は……八十ルバー出します！」

そのときテーブルを誰かが叩いた。

相撲部が、真っ赤な顔をして立っていた。

「八十ルバーです。あなたの七十より、自分のほうが多く払います。ハルさんを……買います」

最後は消え入りそうに俯いて、相撲部が初めてあたしを「買う」と言った。

「あぁ？　デブ、何言ってんだ？」

「この女は坊ちゃんが買った女だ。おまえは他の女で我慢しな」

凄まれて、ビビりながらも相撲部に「まだ間に合うはずです」って叫ぶ。

「この店のルールでは、女の子を二階に連れていくまでは横入りできるはずです。二階が、女の子と愛し合う部屋ですっ。ハルさんはまだあなたのものじゃない」

相撲部の言うとおりだった。あたしが最初に彼に説明したことだった。

「あなたよりお金を出した自分の勝ちだ。ハルさんは自分が買います！」

手も膝も震えている相撲部に、ぼんぼんは笑って取り巻きに目配せすると、百ルバーをテーブルに積んだ。

「これで気が済んだか？　デブはさっさと――」

「百五十！」

相撲部の意外と分厚い財布から、さらにお金が出てくる。

ぼんぼんは片眉を上げて、二百を積む。それでも相撲部は三百を握ってテーブルを叩く。

「せ、千でも二千でも出します！　自分がハルさんを買うっ。これ以上、その人を侮辱するなぁ！」

鼻息を荒くして、顔中真っ赤にし、泣きべそかきながら相撲部が叫ぶ。

静まり返った店内で、取り巻きの一人が耳打ちするのが漏れ聞こえる。

(坊ちゃん。どうやらこのデブ、南通りのジェイ食堂の息子です。向こうも飲食店ギルドの長ですから、マジで揉めるのは勘弁してください)

ぼんぼんは舌打ちすると、「バカバカしい」とチンポをしまった。

「犬一匹に三百って正気かよ？　ま、豚と犬でお似合いじゃねぇか。勝手にさかってろ、料理屋」

そう吐きすてて相撲部に肩をぶつけて出て行ったあと、他のお客さんたちも取り繕《つくろ》うように彼らの悪口を言い始め、あたしは毛布に包《くる》まれてルぺちゃんたちに慰められ——そして相撲部は、他のお客さんに乾杯を迫られ恥ずかしそうにビートジョッキを上げていた。

「——ここがあたしの部屋だよ。初めて来てくれたね」

嬢がお客さんを案内するのは、そのまんま普段あたしたちが寝泊まりしている部屋だ。何にもないとこだけど、相撲部がいると空間が一気に狭まる。

彼はあたしがシャワー浴びてる間も、かしこまってずっと立って待ってたみたいだけど。

「そこ座ってよ」

ベッドに座らせるとギシバキってすごい音する。

あ、マット死んだな。これ店で直してもらえるのかな。

相撲部は緊張しすぎて汗だらだらで、ハンカチじゃ間に合わなそうだからバスタオルを貸してあげた。

あのあと、彼は出した三百を「やっぱりやめます」と引き下げようとしたけど、「決まりですので」とマダムに没収されていた。

勢いであたしを買ってしまったことを後悔しているらしく、ずっと「すみません」と相撲部は謝っていた。純情なルールであたしを好きでいてくれた相撲部にとって、お金で買うってことは抵抗があるのだろう。

そんなこと言ってもあたしは娼婦なのに、本当に童貞って変な生き物だ。

だけど、彼には今夜その童貞を捨ててもらう。あたしがそう決めたのだ。

「やっぱり、こういうの嫌？」

隣に座ったあたしの顔も見れずに、相撲部は横に首を振り、そして傾《かし》げる。

どっちだよ。

「……あんたは嫌かもしれないけど」

あたしは立ち上がって相撲部の顔を挟む。

かんかんに熱くなって、緊張して震えている。そのかわいそうなほっぺたを撫でて、目を合わせて言った。

「あたしは、今夜はスモーブに抱かれたいな」

唇にキスをしてあげる。

本当なら特別料金だけど、相撲部があたしを買ってくれたらこれくらいのサービスはしようと思ってた。

まあ、三百も取られた彼にしてみればそれでも大損だろうけど。

唇っていうよりもアゴとか鼻に埋もれそうなキスを終えて顔を離したら、相撲部は泣き出してしまった。

「ええッ？　ご、ごめん、そんなに嫌だったの、マジでごめん！」

「い、いいえ、違います っ……嬉しくて」

ハルさんとキスしたのが嬉しくてと、相撲部はバスタオルで涙を拭う。

「男のくせに、かっこ悪くてすみません……」

たかがキスで大泣きして鼻水まで流して相撲部はペコペコ頭を下げる。

なんだか、笑ってしまう。

「いいよ、そんなの気にしないで」

新しいタオルを彼に与えて、顔を拭いてあげた。

「さっきのあんた、かっこよすぎたからそのくらいでちょうどいい」

男ってのは本当に不思議なヤツらだ。コイツのどこにあんな勇気があったんだろう。

すみませんって、謝りながら相撲部は汗をかき続ける。

あたしがワンピを脱ぎだしたら、慌てて顔を伏せてしまう。

「見てもいいんだよ。ほら、おっぱい。あたしのおっぱい、見るの初めてじゃない？」

チラリと顔を上げて、すぐに目をつぶって伏せる。

噛みついたりしないのに。むしろ噛みつかれることのほうが多いかわいそうなおっぱいなのに。

あたしはワンピを完全に脱いで、下着も脱いでしまう。

「スモーブ、見ないの？」

「え、あのっ、いえ、自分……」

「触って」

「……いやっ」

「触れ。あんたが触らないなら、さっきの男たちに売り直しだ」

そこまで言って、ようやく相撲部は手を出してくる。

焼いたら美味そうな太った手で、ものすごく優しく、ガラスの置物を触るみたいにあたしのおっぱいを撫でた。

「くふっ、くすぐったい」

「す、すみません」

「もう少し力入れてもいいんだよ。女の子の体は、そのくらいじゃ壊れないから」

だけど相撲部は首を振って言う。

「ハルさんの体を、傷つけたくないっす」

そうして慎重に動く手を、あたしは黙って受け入れる。

優しくしてくれて嬉しいよって言ったら、相撲部は照れくさそうに笑った。

「てゆーか、スモーブもそろそろ脱ごうよ」

「いや、あの、本当にっ……」

モゴモゴしゃべって、結局黙っちゃった相撲部のシャツをあたしは脱がせていく。しかし下半身はこれまた牛みたいであたしには無理だった。

「スモーブ、立って」

「……やっぱり自分は……」

「ダメ。あんたはあたしを買ったんだよ」

この店は娼館で、あたしは娼婦だ。

どういうつもりで惚れたのか知らないけど、恋愛感情だけであたしを見ているならやめたほうがいい。あたしはそれを利用して金を巻き上げるだけだから。

せめて、やることやってスッキリしてくれ。あたしがどういう女かちゃんと知っておけ。あたしの価値はたったの七十ルバー。そんな女を宝物みたいに扱って、三百も出しちゃうのは今夜で最後にしときなさい。

「あたしがいつもどういう仕事をしてるのか、教えてあげる」

床を軋ませながら立ち上がった相撲部のズボンを脱がせる。少し抵抗してたけど下着もだ。でっかいお腹の下に、ちょこんとチンポが顔を出していた。

「悪いけど、ちょっとお腹を持ってて」

相撲部に自分のお腹を抱えてもらう。

ようやく全容の見えたチンポは、白くて貧弱。体がでかい分、小顔効果で小さく見えるのだとしても、さっきのぼんぼんの黒チンポとは勝負にならないなって感じ。まあそれはそれで。

「そのまま持っててね」

ぼんぼんにしたフェラを、相撲部にもしてあげる。下から上へと舐めあげるヤツ。コイツも見てて興奮してたはずのヤツを。

「あっ、あぁ、あっ！」

相撲部はぶるぶるって太ももの肉を震わせ、女みたいな声を出した。

そしてあたしの頭の上にぜい肉爆弾を落としてきた。

「痛ぁっ！」

「あ、す、すみませんっ！」

首がめり込むかと思った。いやあたしはいいんだけど、もしもう咥えてたらおまえが死んでたぞ。

「しっかり持っててよー、もう」

「あの、もう、そのっ」

「持ってて」

「……はい」

ペロペロ再開。

今度は相撲部もぎゅって自分の腹を掴んであたしのねっとりフェラを堪《こら》えている。

先っちょをチロチロしたらかかとを浮かせて悶えるのが面白くて、何度もそこを攻める。指でシコシコしながら吸ってあげたら、大きな声を出して、意識してやってるのかわからないけど自分で腰を動かし始めた。

でも童貞だし、口で出しちゃったら悪いよねって思ってほどほどのところで切り上げる。

相撲部は少し残念そうな顔して、それをあたしに見られてバツが悪そうに俯いた。男の子だもんね。好きな子と、したいよね。

あたしだって、いつ相撲部に買われてもいいようにデブとのやり方は先輩嬢たちに聞いておいた。

ベッドの上に横になって足を開く。わかりやすいように大きく開いて、ぱっくりマンコも見せる。

相撲部はやっぱり目をつぶっていた。

「見ないと入れられないよ。大丈夫。あたしの言うとおりにしたらちゃんとできるから。場所はわかるよね？　自分のチンチンもちゃんと見えてる？　お腹持ったまま、こっち来て」

ベッドをギシギシ言わせながら相撲部がチンポを近づけてくる。

先輩たちは、デブのお腹の肉はそんなに重くないって言ってた。覆い被さってきたときはさすがに怖いけど、潰しに来るヤツはめったにいないって。

相撲部は、あたしを壊さないようにゆっくりと、腰をくっつけてきた。

でも、チンポがあたしの肌に触れた途端にぷるぷるって震えて、やばいと思ったら出しちゃった。

「あ、あぁ……」

もうべっとりだ。すげえ出しやがった。お腹の上でたぷたぷしてる。

仕方ないなってあたしは笑う。

「大丈夫。こうなっちゃうお客さんもよくいるんだ。すぐにできるようになるから気にしない気にしない」

今のところ、千葉と相撲部ぐらいだけどな。

と、内心で思いながらチンポもきれいにして、少しペロペロもしてあげる。

童貞パワーですぐに回復した相撲部と取り直しで股を開き、お腹の肉を持ち上げた彼がチンポ乗せてくるのに合わせて腰を浮かせる。

「そのまま真っ直ぐでいいんだよ」

初めてのときって、こんなに必死な顔してたのかな。あたしはあんまり覚えてないけど。

これから死ぬのかってくらい、やばそうな顔してる。きっと、相撲部は今あたしのマンコ以外のもの見えてない。

あたしのことしか考えてない。

「そこでいいよ。ゆっくり、真っ直ぐ」

「は、は、あぁ……」

「うん、入ってきてる。いいよ、その調子。まだまだ、もっと入る」

「んんん……あぁっ!」

なんとか相撲部のはあたしの中に収まった。案の定、相撲部はハァハァ息を乱しながら涙を流す。

童貞喰ったの何人目だっけ。覚えてないけど、泣いたのはコイツだけだな。

あたしのことそんなに好きだったのか。バカだよな。

「もう、いちいち泣くな」

「は、はい」

「お腹、離しても大丈夫だよ」

「で、でも」

「大丈夫だってば」

先輩たちの話では、入っちゃえばお腹の肉は邪魔にならないそうだ。

ぶよんと落ちてきた肉は、あたしのお腹の上に乗っかる。

重くはないってのは本当で、あたしたちの繋がった場所を肉のクッションで覆ってしまう。温かくて、ぷよぷよで、変な感触。

「動くのわかる？」

「えっと……」

「腰をね、引いて戻すの。あたしに押しつけるんじゃなくて、引いて戻すって感じで動いて」

「んっ、あっ」

「速くしなくていいよ。女って、ゆっくりで全然いいから。がちゃがちゃ動かれるより、ゆっくりしてくれたほうがむしろいい。スモーブも、自分が気持ちよくなるように擦ってみて」

チンポというより、お肉が動いてるみたいだ。

ぱっくり開いたあたしの股は相撲部のお腹の中にすっぽり隠れる。

これがデブセックスかー。斬新。

でも温かくて気持ちいいかも。お肉に飲まれてるみたいでウケる。

相撲部とのセックスは悪くない。

「はっ、はっ、はっ」

「気持ちいい？」

「は、はひっ、あっ、はいっ」

「せっかくだから、ゆっくりしていって。疲れたら休んでもいいし。あなたのペースであたしを楽しんでって」

「あ、あのっ」

「ん？」

「ど、どうしたら、ハルさんも気持ちよくなりますかっ」

汗をかきかき、必死の顔して相撲部は言う。童貞のくせに生意気な。

「充分気持ちいいよ、あたしも」

お金払ってんだから気にしなくていいのに。

でも相撲部ってそういうヤツだよね。

あたしは少しずつ呼吸をやらしくして、「んっ」て声を出したげる。

目を閉じて唇噛んで、感じてるふりして言う。

「んっ、あんっ、気持ちいいよ、スモーブ、本当に、上手になってきたっ」

「は、はっ、ハルさんっ、んんんっ」

「あんっ、スモーブ、あぁん！」

ちょっとオーバーに演技しちゃってるけど、気持ちいいのは本当だよ。

あたしを包み込んでくれる不器用な体とセックス、悪くない。可愛く思えてきちゃう。

「好きなときに、イッていいよっ。好きなときに！」

「はあ、はあ、ハルさんっ！」

「ダメぇ、あたしも、我慢できないっ」

ぎゅって締めつけてやったら、相撲部は「ぐはっ」て土俵際みたいな声を出して射精した。

マジかよってくらいにたくさん出して、シーツべとべとにして、目を回してひっくり返るもんだから床抜けるかと思って焦った。

「ほら、寝るならこっちに寝て」

「うぅ……はい」

ベッドの上に横になり、相撲部はハァハァと荒い息をつく。

あたしの寝るスペース完全になくなったから、お腹の上に飛び乗る。

「どう、童貞捨てた気分は？　よかった？」

相撲部は、嬉しそうに頷く。あんたのそんな顔見ると、あたしも嬉しいよ。

「この後どうする？　三百もらってるから、まだしたいならしていいよ？」

あと二回か三回くらい、相撲部は貯金を残している。

その前にシャワーは絶対使ってもらうけど、今夜のあたしは相撲部の貸切にしたっていい。

だけど相撲部は、「もう充分です」と遠慮して言う。

「これ以上は、自分は無理です」

まだ息を乱してた。デブって大変なんだな。

「ありがとうございます。最高でした」

なんて、そんな風に言われたらあたしもさすがに照れるってか、最高は言いすぎじゃん？

相撲部は、ハァハァしながらニッコリ笑う。娼婦とエッチしたくらいで喜びすぎ。バカだな、もう。

「じゃあさー。他にしてほしいことない？　何でも言って」

相撲部が望むのなら、今だけあの封印されし忌まわしき耳を蘇《よみがえ》らせてゴロゴロ甘えてあげてもいい。

あんたにだけ、してやってもいいと思った。

でも。

「えっと……じゃあ」

恥ずかしそうに一度目を逸らしてから、相撲部は思いきった顔で言う。

「じ、自分のことは、本名で呼んでほしいっす！　自分の名にジェノサイドウルブラザー――」

「いやそこはスモーブでいいじゃん？」

「あ、は、はい……」

特にリクエストはないそうなので、店が終わる時間まであたしたちは相撲部のお腹クッションでポヨポヨして遊ぶことにした。

なにこれ面白〜い。

＊

「ごめん！」

次の日、昨夜の顚末《てんまつ》を聞いたシクラソさんはあたしのところへ来て両手を合わせた。

「ごめんねー。あのぼんぼん、男の前では格好つけて威張るのよね。ベッドではそうでもないくせに。お尻叩かれたんだって？　痛かったでしょ」

「ううん、あたしは平気だよー。それより、シクラソさんのほうがまずいかも。かなりキレてたし」

「あ、そっちは大丈夫。彼氏、軍人だし。そういうとこには手出しできないからね、あの人たちも」

そういうもんなんだ。だったらいいんだけど。

「本当にごめんね。次はハルちゃんにお土産買ってくるから」

なんてかわいい顔してシクラソさんは笑う。

週末デートは続ける気なんだ……いいけどー。

「さて、掃除でもするか」

ま、そのうちあたしにもいいことあるさ。

マダムはあたしに有給をくれると言ってたけど、店に出てたほうが稼げるチャンスはあるので、休みはいつか使わせてもらうことにして今日も出番だ。

そんなあたしの尻をマダムがじっと眺めてる。

磨きのかかったあたしの美尻に興味があるのかな、そういう趣味あったら怖いなって思ってたら、声をかけられた。

「ハルちゃん」

「はい？」

「あなた、今晩から八十五ルバーね」

——あたしはぞうきんをくるりと回し、「ハイ！」と敬礼する。

カンケリズム ～ドナ・サマーを聴かせて～

その人は、雨の日にだけ来るんだってことに気づいたのは最近だ。

いつも窓際のテーブルで一人で強いお酒を飲んでいる。女の子を座らせたことも、誰かと二階に上がったこともない。

誰ともしゃべらず、店の中を眺めたり窓の外を見たりして過ごしているんだ。

「ルぺちゃん、あの人知ってる？」

銀色の髪をオールバックにして、無精ひげを生やした超絶イケメンのあのおじさまは、以前からよくいらっしゃってたのかしらとコソコソと聞くあたしに、ルぺちゃんは顔をしかめた。

「いるいる。なんか怖いんだよね。こっちが愛想振りまいても表情変わらないし、『酒くれ』としか言わないし」

怖くてあんまり話しかけられない。と、ルぺちゃんは苦手そうに言う。

えー、あんなにイケメンなのに。マジで異世界最高レベルなのに。

「あの人と目が合ったら、なんだか鷹に睨まれてるみたいにゾワゾワする」

あたしには逆に、野蛮で小汚いおっさんだらけの店内で、あの人だけが輝いて見えた。鷹というよりも掃き溜めに鶴というか、姫とお呼びしたいくらいだった。

「お酒のおかわりはいかがですかー?」

思いきって声をかけちゃった。おじさんは静かに顔を上げてあたしを見る。鋭い目。頭の中まで刺さってきそう。でもゾワゾワどころかジュワッて感じ。あたしなら、こんな目で裸を見られたいけど。

「結構だ」

一杯分のお金を置いて、おじさんは出て行ってしまう。

手強そうだな。女目当てじゃないのかもしんないな。

でも、あの人が初めてだった。

ここのお客さんで寝てみたいなって思ったのは。

「つーか、とうとう買っちゃったわけよ。俺の家。マイホーム。俺の城。マイキャッソゥ。でもやたら広いし、身の回りの面倒見てくれる女がいないから不便なんだよなー。奴隷でも買っちゃうかなー」

最近はあたしの料理の腕も上がってきて、この中華鍋みたいので焼き飯をくるっと回すヤツも楽勝になっていた。

こっちに来たときは卵も割ったことなかったのに、今じゃ店のメニューも時々任されるくらいだ。

あたしはこの世界で成長してきている。

先月は売り上げ五位に限りなく近い六位だったし、八十五ルバーに値が上がったこと考えれば今月はおそらく五位かひょっとして四位までいっちゃう。美尻度も素晴らしくて首絞めのおっさんも「いいなぁ」なんて言うようになったし、サービステクも先輩たちにいろいろ教えてもらって、こないだの顧客満足度調査(※)でも上位になってたし。
※ネコ耳事件後から実施。店のイメージ回復のためにあたしが提案した。
最近のあたしは、この仕事にハマろうと必死なのだ。

「なあ、ハル。俺の話を聞いてる?」

「あいよ、チャーハンお待ち」

「やべ、何これっ。学食の味がするよぉ!」

「泣くなよ、きめーな」

千葉も最近、ますます調子に乗っていて家だの奴隷だのとつべこべ言って、全然似合わないゴールドのアクセサリまでジャラジャラさせちゃってる。オラつき始めたオタクほど見苦しいものはないな。

「あたし千葉の家でメイドなんてやるつもり全然ないんだけど」

「じゃあ、娼婦ずっとやんの？　辞めたいんじゃなかったっけ？」

「いつまでもは続けないけどさ……」

どれだけこの世界にいるのかもわかんないし。

いや、死ぬまでいるのかなって思ったら先の人生だって考えなきゃだけど。

「あー、そういやちょっと聞いたんだけど。たとえば元の世界に戻る方法があったら、ハルどうする？」

「え、あんの？」

「こっちの世界に伝説が残ってたんだ。なんでも、あるとき突然黒い雨と一緒に魔王が現れて、人間に復讐だって戦争始めたんだって。それで困った人間が神様にお願いして、よその世界から勇者を呼ぶってことになったらしい。ま、それが俺なんだけど。それで魔王ってのがいなくなったら、勇者も元の世界へ帰るとか帰らないとかいう話」

「何言ってんの、帰るに決まってるじゃん。千葉、今すぐ魔王ぶっ倒してこいっ」

「いや無理。最近レベル上げてねぇし。ていうか魔王なんて倒す気ない。元の世界なんて帰ってどうするのって話じゃん」

本当なら俺たちもう受験生だぞって、千葉はクソにきび面をしかめて言う。

「俺はもうこっちでイノディエーター（イノベーターとグラディエーターを混ぜた千葉の

造語らしい。もうわけわからん）として名を馳《は》せて生活も安定してる。元の世界って言われても、ぶっちゃけアニメくらいしか帰る理由ないし。それなら、こっちでアニメの主人公やってるほうがずっとマシじゃん。ハルだって帰ってどうするのさ？」

「高校生やり直すよ。決まってんじゃん」

「そのままで戻れたらの前提で考えてるっしょ？　でも、俺たちはトラックにはねられたんだぜ？　向こうに帰るって、ひょっとしてそのまま死ぬってことかもしれないじゃん」

「……体も頭もそのままこっちに来てるでしょ。帰るときだって同じに決まってる。怖いこと言わないでよ」

「それでも俺たちは死んでることになってんだよ。もう俺たちのいない世界は八ヶ月以上も進んでるんだぜ」

あたしたちの葬式も終わって、お墓もできてて、みんないいかげん悲しむのもあきて普通の生活を続けている。彼氏はきっと同情されまくりでヤリまくりで、友だちのＬＩＮＥからはあたしの名前は消えてて、机の上に花なんてもうなくて、そしておそらくお父さんとお母さんとお姉ちゃんくらいはまだ悲しんでくれていて。

あたしの居場所は、写真立て一枚分のスペースしかないんだろう。千葉なんてそれすらも怪しい。

そんなところに今さら帰るくらいなら、生活を確立しつつあるこっちにいたほうがいいって思うかもしれない。納得したくないけど。

「ハル。俺は魔王は倒さないけどこっちの世界で最強の男になる」

千葉はチート使いで、この世界で生きていく自信があるから最近強気だ。

オタクのくせに、陰キャのくせに、会うたびに男っぽくなっていく。生意気にも、このあたしを落としにかかってくるんだ。

「俺が必ずおまえを守る。だから……一緒に暮らさねえか？」

一呼吸置いてから、千葉に言った。

「ていうかあんたとキヨリちゃんが手ぇ繋いで歩いてるとこ、ルペちゃんが見てんだわ」

「あ、やっべー。攻略ルートが交錯してる。恋の爆弾処理案件きたわー」

「あんた、マジで最近どうした？　ひょっとして調子に乗ってんじゃないの？　いや、別にあんたが誰と付き合ってもあたしには関係ないんだけど」

「そう言ってくれる女、俺は大好きだぜ」

「関係ないってのは、あんたとあたしが関係ないって意味な。変な風に受け取るなよ」

コイツ、本気で女子をはべらせてハーレムがどうとか言ってるらしい。さすがにウソだろと思ったけど、前にルペちゃんにもいろいろ壮大な計画を語ってたみたい。

ルペちゃんもよくこんなやつの相手してやってるよな。紹介したのあたしだけど。

「いいから一度、家に来てよ。ハルの部屋だって作ってあるんだ」

千葉は、珍しく真剣な顔で詰め寄ってくる。

こっちの世界でついた自信が、変な勘違いをさせているし、強引にもさせてるんだ。

「俺なりにハルの将来も考えてんだって。部屋を見て、もしそこが気に入ったら……仕事辞めて俺んちに来いよ」

なのに偉そうにキメてきやがった千葉に、ちょっとドキッとしてしまい、ムカついて顔が熱くなる。

「明日、闘技場の前で待ち合わせしよう。俺、ハルが来るまで待ってるから」

頭に来たから、コイツの家を見て文句つけてやろうかとは思った。

＊

次の日、闘技場に向かう。

アイツの家に行くってだけなんだけど、まあ、ないと思うけどそこで何かあるかもしれないし、なぜか新しい下着なんて穿いてる。

いや、ありえねーし。千葉はキヨリと付き合ってるっぽいし。

でも千葉って、ずっとあたしに執着してるんだよな。どうしても自分の女にしたいみたいっていうか。

毎日他の男に抱かれてる女を、わざわざどうしてって感じだけど。

やっぱり、違う世界から来たことを知ってる唯一の相手だからか。そうだよね。それしかない。あたしも千葉と会う理由はそれだけだし。それ以外の必要性は感じないわけだし。

一緒に暮らすとか……ないよね。

ポツンと、肩に雨が落ちる。さっきまで晴れていた空が急に暗くなった。

まいったなと思って軒先を探す。女一人じゃ男尊&女卑が邪魔してお店の中には入れない。でも急な通り雨にみんな慌てていて、雨宿りできそうな場所がない。

その中で一人だけ、最初から雨の中をわざわざ選んだみたいに、ゆったりと歩いている人の背中が目に入る。

銀色の髪と、頭一つ抜けて高い身長。

あの人だった。

え？　え、え、マジで本物？

まさか、この近くに住んでらっしゃるの？

思わずあたしは追いかけてしまう。雨の中、気づかれないように。

別に声くらいかけたっていいような気がしてるけど、でも軽い女って思われたくないっていうか、おいおい娼館で働いてる女が軽くないわけないっていうか逆に重すぎじゃんって感じだけど、昼間の街中で普通に声かけるのやっぱ無理で、とにかくあたしは後をつけることにした。

でも、広場に出たところで見失ってしまった。

さっきまで降っていた雨が急に止んで、ウソみたいに晴れたなって思ったら、あの人はいなくなってしまった。

雨雲と一緒に空に溶けてったみたいに。なんて。

あーあ。なんだよ。せっかくのおニューパンツがぐしょぐしょになるまで追いかけてんのに。

バカみたい。あたし何してんだマジで。気になる男には逃げられて、そんで陰キャの家にのこのこ遊び行くとか、本当にあたしかよ。

急にみんなの顔が見たくなった。こっちの世界の人たちじゃなくて高校の友だちに。いつもの教室で、みんなとくっだらないことたくさんしゃべりたくて死にたくなった。

異世界、最低だよ。雨が降っても女の子が宿れる場所もないって正気かよ。マックもコンビニもポケストップもないって政治家は何してんだよ。どこにあるのよ、あたしの居場所は。

「いっくぜえ！」

雨上がりの広場に、子どもたちが飛び出して缶蹴りを始める。アホみたいに真剣な顔して。

うるせえな。でもいいよな。

子どもはどこの世界だってキラキラしてる。あたしもキラキラしたい。どこにいたって自分は自分だって言えるくらい強くなりたい。

雨に降られたくらいで腐ってるあたしは、絶対にあたしらしくないんだ。

「あー！」

濡れたスカートをしぼって、「あたしも混ぜろ！」と男の子たちの中に飛び込んでいく。

「えー、なんだよこの女」

「俺たちの邪魔するなよー」

「いいじゃん、ほら、走れ！」

ボロボロの空き缶が、雨がきれいに洗い流した空を、真っ直ぐに飛んでいく——

＊

「ハル、なんで今日来な……」

「はいはい、忙しいからどいてどいて！」

ビートジョッキを握って店内を駆け回る。

そう、今夜のあたしは忙しい。時間が少しでも惜しいのだ。

「ハルちゃん、ご指名ー」

「へい、まいど！」

パァンと手を叩いて常連のお客さんを歓迎し、二階へ連れて行く。

何握りやしょっか、という勢いでチンポ握ってやる。

「お、おい。今夜は急ぎなんだな」

「ちょっとだけ時間押してるんで、すいやせん！」

「いや、いいけどよ……おぉっ」

ほっぺたへこませて思いきりフェラする。音も派手にたてて、イきそうになったところをベッドに押し倒して挿入。

「ちょっとちょっと。まだ俺何も――」

「あ、おっぱい揉みます？　それとも四つんばいがいい？　何でも言ってください、三秒以内に！」

「いや、別にいいけど、ずいぶん急いで――くっ、やべっ、イく、やべぇ！」

よっしゃ、いっちょ上がり。

釈然としない様子で帰っていくお客さんを見送って、シャワーを浴びて下に降りる。ついでに、また駆け上がって階段ダッシュを五セット繰り返す。体力もつけなきゃ。

あたしの行動を不思議そうにマダムが見ている。あぁ、そうだ。マダムにお願いしなきゃなんないことがあったんだ。今夜はあたし二十二時上がりでよろしく！

相撲部が来てたけど、「今日はおしゃべりしてるヒマないからな」とそっこー断ると、風船みたいな巨体をしぼませる。何人か客を捌《さば》いたあと、すぐにあたしは部屋に戻って耳栓をした。

何をするかって？　寝るに決まってんじゃん。

まだまだ夜は盛んとばかりに隣近所であがる喘ぎ声もなんのその、あたしはひたすら眠って太陽とともにムックリと体を起こして昨日の広場へと走った。

みんなは、もう集まっていた。

「遅ぇぞ、ハルー！」

「僕らは三十分前には来てる。ハルちゃんも間に合うようなら、その時間に来て」

「はい！」

あたしは昨日──『缶蹴りんぐ』と出会った。

こっちの世界の缶蹴りはスポーツだった。複雑なルールがありポジションがあり、そして礼義もある。いきなり割り込んでキックしたあたしを彼らは最初すごく怒ったけど、いいキック力してると言ってスカウトしてくれたのだ。

「いいかい、うちは今後ハルちゃんをファーストキッカーにして戦っていく。ただし作戦次第でポジションは入れ替えていくから、僕のサインを必ず確認して。伝達ラインも必ず確保。いいね？」

うちの司令塔、ポキャマズがみんなの顔を見ながら言う。

知的な顔立ちのクールボーイ。だけど、心は熱血スポーツ少年だ。

オフェンス時にはサークルに最も遠い位置に隠れて動きながら指示を出し、ディフェンス時にはあっちの世界でいう『鬼』になって敵を探す役目のサーチャーという難しいポジションを担っている。

「ハル、思いっきりいけ。ただし窓とか割ると最悪退場だかんな。ちゃんと方向を考えて蹴れよ」

あたしが加入するまではファーストキッカーだったグネース。

ツンツン頭のやんちゃタイプだけど、男らしくて頼もしい子だ。ポジションを奪った形になったあたしにもしっかりアドバイスしてくれる。

今はボーダーという、最もサークルに近い位置に隠れて缶を狙ったり、囮《おとり》になったりする前衛ポジションを引き受けている。

「楽に行こう、楽に。ハルはまず蹴ることから覚えてけばいいよ」

マイペースなムードメーカー、レラマップ。

いつもニコニコしてるかわいい子だけど、身軽だしアイディアも豊富で、どこから飛び出して来るのか予測させないトリッキーなセカンドキッカーだ。

ディフェンス時には、サーチャーに唯一随行して進行方向にアドバイスを与えられるガイドという役目も担っている。

「うん、いくよ！」

そしてあたしは、ファーストキッカーという大砲役を任された。

オフェンスでは最初に缶を蹴り飛ばし、その後は最後まで敵に見つからないように、時には、ボーダーやセカンドキッカーを囮に使ってでも缶を蹴ることに専念する、キックのスペシャリストだ。

前のボーダーだった子が引っ越ししちゃったおかげで、缶蹴り大会の出場を諦めかけてたチーム『仲良し元気隊』だけど、あたしの加入によって再び優勝目指して動き出した。

女の子が缶蹴りんぐのチームに入るのは前代未聞みたいだけど、ルール違反ではないらしい。さすがに娼婦だってことを隠してるのは申し訳ないんだけど、こんな半ズボンの似合う男子どもにどんなテンションで説明していいかわからないし、場合によってはマンコとかセックスとかの教育までしてやんなきゃなんないしで、マジ面倒だから仕方ないよね。

とにかくあたし、缶蹴りで大会に出ることになっちゃった。面白そう！

「ナイスキーック！」

「すぐに隠れてっ。ハルちゃんは基本、レラマップと同じ半径にハイディングすることっ。ただし、グネースの動きを確認できる位置に！」

「ポキャマズからサイン出てるっ。敵が缶をセットした直後には必ず出るから、見れないときは近くの味方を探して！」

「ハル、ケツ出てるっ。隠れきれてないぞ！」

「ハイディング変えてっ。敵はレラマップの方向に動いているっ！　レラマップは下がって、グネースは裏を取ってっ。ハルちゃんはその位置から右回りで前進っ。実戦ではしっかりサーチ線を切って動くこと心掛けて！」

「ハル、ケツ！　ケツが丸見えなんだってっ！」

「ハル！　ケツー！」

くたくたになるまで練習して、終わったあとに広場の水を一緒に飲んで反省会。近くの倉庫がグネースの家のもので、部室のように使わせてもらっていた。

グネースは、あたしの役立たずのケツを切り落とせって怒ってたけど。

「だめだよ、グネース。女の子にそんなこと言うものじゃないよ」

ポキャマズはやっぱり大人だなー。グネースは、「ちぇっ」と舌打ちしてふてくされる。

「ハルが入ってくれたおかげで俺たち大会に出られるんだ。仲良くやろうよ」

レラマップがニコニコと笑う。守りたい、その笑顔。

「……俺だってわかってるよ。ハルががんばってることくらい」

グネースは、がりがりと頭を掻きながらポツリと言った。

なんなんだろ、この居心地のいい空間。男子ってこんなに温かいものなの？　それとも、娼館なんてとこに来る男がクズばかりなせい？

「今度の大会は、絶対に負けるわけにはいかないんだ」

ポキャマズは練習に使ってた空き缶を見せる。

あたしたちのマイ缶。アワビみたいな食べ物が描かれている缶だ。

「これは、レラマップの家で作ってるアウベ貝の缶詰なんだ」

「え、そうなの？」

「ポキャマズ、いいってば。俺んちのことはいいよ」

「いや、俺もハルにも教えておくべきだと思うぞ。仲間だろ」

缶蹴りんぐチームのほとんどは、缶詰業者がスポンサーになっている。

優勝チームの空き缶が、今後一年間の缶蹴りんぐ公式缶として使われることになるからだ。そうなると缶蹴りんぐファンの多いこの都市では売り上げも当然伸びる。

仲良し元気隊は毎年一回戦負けだとか。なのでレラマップの家の缶詰は、まだ一度も公式缶に使われたことがない。売り上げもあまりよくなくて、これ以上不振が続くなら田舎に戻ると親は言ってるらしい。

だから今度の大会で必ず優勝するんだと、ポキャマズは力を込めて宣言した。

「もう仲間と離ればなれになんてなりたくない。絶対にレラマップの缶で優勝する」

「仲良しで元気が俺たちの旗印だからなっ」

「ちぇっ、俺の家のせいだなんて、かっこ悪いな……でも、俺もみんなとずっと缶蹴りしてたい。もちろんハルも一緒にね」

「みんな……」

よすぎるよ、これ。熱いよ。こういうのをあたしは求めてたんだ。

「よーし、あたしだって、みんなのために絶対負けないっ。仲良し元気隊は永遠だ！　うおー！」

「うおー！」

あたしの青春は、ここにあったんだ。


大会初日。

あたしたちはさっそくのピンチを迎えていた。

三ゲーム先取制の試合で、幸先よく二ゲームを先取したと思ったら、一気に二ゲームを連取されてマッチゲームになっている。流れは完全に向こうにあった。

グネースが足を挫《くじ》いてしまったのだ。補欠のいないあたしたちからケガ人が出たことを申告すれば彼は退場になり、その時点でチームは失格になる。

すっごく痛いはずなのに、グネースはそのことを隠してがんばっている。あたしだって弱音なんて吐かない。こんなところで負けるわけにはいかないんだから。

仲良し元気隊のオフェンス。さっきのディフェンスターンが終わった時点で、向こうが七ポイントリードしている。

あたしたちが誰も捕まらずに二回連続でキックを決めれば、最短で八ポイント取って勝利だ。グネースはもうボーダーの役割どころか走ることもできない。長引かせるだけ不利になる。

(頼む、ハルちゃん。グネースをできるだけ遠くに隠したい。ロングか、相手のサーチャーたちを攪乱《かくらん》させるようなキックを)

ポキャマズがサークルの中で指示をくれる。

フィールドは『市街地西』だ。いつも練習している広場に似てるけど、やっぱり土地勘のないあたしにはロングキックの自信はない。誰かの家の窓を割ってしまいそうな気がする。

だけど、ここは攻めないといけない場面。なんとしてでも勝つんだ。

あたしは覚悟を決めて、しゃがんだ。缶を蹴る方向を測っているふりをして、スカートなのにしゃがんだんだ。

「なっ……?」

相手チームは突然のパンチラに動揺する。しかしあたしはあくまで缶蹴りを真剣にしているだけである。審判も何も言えない。

その隙をついて、敵チームの頭上を遥かに越えるキックで、いきなり缶を飛ばしてやった。

「やった！　今のうちにグネースはこっちへ！」

「おう！　ハルも急いで隠れろっ。おまえは絶対に見つかるな！」

「俺がボーダーをやるっ。ハルは後ろへ！」

男の子たちのテンションが一気に高まる。

しかし、それは違う。勝機はもう女子が摑んだ。

「レラマップがファーストキッカー！　あたしがボーダーをやるっ。必ず隙を作るから、見逃さないで蹴って！」

あたしが囮になってチャンスを作る。そう指示してサークル付近でわざとらしく隠れる。お尻だけ見えるようにして。

「今だ！」

飛び出したレラマップが、かわいらしいヒップに動揺してる敵チームの目をかいくぐってキックを決めた。

グネースはさらに遠くへ避難。あたしはもう一度、ボーダーとして敵を誘いに行く。

ニョキッと太ももを見せるだけで、敵チームはかわいそうなくらい顔を赤くしていた。

「いけ、レラマップ！」

小気味のいい音を立てて勝利の空き缶が舞う。この年頃の男子って、おんもしれーくらいにチョロかった。おかげであたしたちは一回戦のシーソーゲームを華麗に勝ち抜くことができたのだった。

「やったー、ハルちゃんっ……あ」

いつもクールなポキャマズが、珍しくハシャいで抱きついてきたと思ったら、あたしの柔らかボディに動揺してすぐ離れた。おまえもチョロいのかよ。

だけどケンケンしながら走ってきたグネースが、思いっきりギュッてポキャマズごとあたしを抱きしめた。

「むぎゅ〜！」

あたしのおっぱいに顔を埋《うず》めて、ポキャマズはますます赤くなり苦しそうに呻《うめ》く。それを見てレラマップはけらけら笑う。

なんだよもう。こいつらかわいいなぁ！

「レラマップも来い！」

「え、ちょっと、俺はいいってば、ハ、ハル、むぎゅ〜！」

三人いっぺんに抱きしめて、お日さまの匂いのする髪に頬ずりして撫でる。

大好きだぞ、おまえら！

大会は進んで、準決勝の四チームの中にあたしたちも残った。

万年一回戦負けのチームの快挙は評判を呼び、ギャラリーはどんどん増えていく。中でもエースのあたしは注目されていた。街を歩いていてもサインとか求められるようになったし、ちょっとしたスターみたいになっていた。

ぶっちゃけ全部あたしのパンチラで勝ってたようなもんだから当然っちゃ当然だけど、男のファンとかすごかったし、それ目当ての観客ばっかり日に日に増えていく感じだった。

女子のスポーツ選手がまだ珍しいこの世界では、なんでもやったもん勝ちだ。

スカート丈をもっと短くしてみた。下着もちょっとエロいやつ買った。優勝に向けてすべてが順調に思えていたそのとき――、事件は起こった。

『大会ルール変更のお知らせ』

『第十四条　選手はスカートを穿いて出場することを禁ずる。この一条を新たにルールに加える。心当たりのある者は即刻改めること。　缶蹴りんぐ協会』

「え、待って。これ、もしかしてあたしのことかも……」

「他にいないしね。パンツ見せすぎたんだよ」

「ちぇっ、せっかくの必勝パターンだったのにな」

絶好調だった仲良し元気隊に暗雲が立ち込めた。だけど、すぐにポキャマズがみんなを励ます。

「大丈夫だよっ。違う作戦を考えればいいんだっ」

「そうだよ。僕たちはまだ負けたわけじゃない」

「あぁ、やるしかねーよな！」

こんなときこそ、前を向いて気分を上げていく。

こいつらのこういうとこホント大好き。見習わなきゃ。

それに大丈夫。心配はいらない。あたしだって、東京生まれ東京育ちのJKなんだから。


準決勝当日。

サークル内で打ち合わせするふりをして、敵チームに背中を向けてしゃがんだあたしのウエストからは、ピンクい下着が見えていた。

そこに視線をいったん集めておいてからの、フリーキックポジションで正面を向いてしゃがんだ。

ルぺちゃんからもらったお古のパンツの裾《すそ》を思いっきり裁断したお手製ホットパンツの隙間から、さっき印象づけておいたピンクの下着を見えるか見えないかのギリギリでぶっ込んでやる。

誰かが生唾を飲み込む。敵チームの男子たちの視線を釘付けにして、あたしの白くておいしそうな太ももをまたわずかに開いた。やつらの首がそれに合わせて動く。観客も動く。

そこへグネースが走り込んできて思いきり空き缶を蹴り飛ばした。パンチラに夢中になっていた男たちは、きれいにひっくり返っていた。

「おまえら百年遅れてんだよ！」

異世界、チョロすぎる。ＪＫが日々どんだけパンツを狙われてると思ってんだ。パンツの見られパターンなんてゲロが出るほど知っている。スカートだからエッチなんだ、なんて発想はおっさんすぎでしょ。

「やったぜ、ハル！」

あたしたちは今日も圧勝。抱き合って喜びを分かち合う。

決勝だ。いよいよあたしたち、ここまできたんだ！

『娼婦ハルへ。おまえの素性をバラされたくなかったら協会の事務局に一人で来い。缶蹴りんぐ協会』

しっかり会長の印まで押してある脅迫状が娼館に届いた。

なんかこの協会、あたしのこと気に食わないのかな。大会の盛り上げにめっちゃ貢献してやってんのに。なんで？

　でも、娼婦だってバレてるんなら行くしかない。

　事務局には、スケベっぽいひげのおじさんが一人で待っていた。

「よく来たな。わしが缶蹴りんぐ協会会長のネッチネイチブだ。ひひひひ」

　これはすんげえ悪役が出てきたな……想像を超えてきた。

「仲良し元気隊ハル。娼婦だったとは驚いたぞ。どうりでドスケベな女子だと思ったわい。よくもわしの愛した缶蹴りんぐをエロチシズムで汚してくれたな」

「ル、ルール違反はしてないはずですが」

「あぁ、確かにルール違反はしていない。だが、そのルールなんてものはわしの気分次第でどうにでもなるのだ。たとえば、『過度な肌の露出を禁ずる』と一言書き加えれば、おまえたちはもう手も足も出まい？」

「そんな！　卑怯よ！」

「いや、わりと真っ当な改正だと思うが……そうされたくなかったら、わしの言うことを聞くんだな！」

「え、何するのっ。やめて！」

　無理やり机の上に押し倒される。

なんだコイツ、よくこんなの会長になれたな。缶蹴りんぐ協会、頭おかしいだろ。

「これが、あの話題のハルの体……缶蹴りんぐを愛する青少年たちを惑わす女悪魔の体か。おお、さすが手によく吸いつく肌じゃわい」

強引に開かれたワンピの胸を、会長のしわだらけの手が這《は》う。

首筋をベロベロ舐められて鳥肌が立った。

「や、やめてくださいっ。あなた、缶蹴りんぐの偉い人なんでしょ！　あたしだって選手です、こんなことやめてくださいっ！」

「いいのか、そんなことを言って。チームメイトはおまえの正体を知っておるのか？　娼婦と知って、まだおまえを仲間と認めるのか？　だったら、そいつらも同罪じゃ。チームの解散を命じなければのう。な？　ひーっひっひっひっ」

みんなの顔が次々浮かぶ。こんなあたしを仲間だって言ってくれた、缶蹴りを愛するキラキラまぶしい男の子たち。

やっぱり娼婦なんかが近づくべきじゃなかったんだ。あの子たちの未来を傷つけるだけなんだ。

「……お願い」

「あん？」

「お願いだから、あの子たちには黙っててください。何でも会長の言うとおりにしますから。この大会であたしはチーム辞めますから……決勝戦にだけは出させてください」

「いいだろう、これからも言うことを聞くならな。決勝でも派手に目立ってやれっ。わしの女だと陰で自慢してくれるわっ。ひっひっひっ！」

ごめん、みんな。あたしはこの大会が最後になっちゃったよ。でもみんなはこれからも缶蹴り続けてね。

明日は最高の決勝戦にしようね……。


「待てコラァ！」

そのときドアが勢いよく開いて、グネースが棒っきれを持って飛び込んできた。ポキャマズもレラマップもいた。

「ハルの姿が見えたからどこへ行くかと思ったらっ」

「僕らの仲間になんてことするんだ！」

「許さないぞ、悪の親玉め！」

さっすがあたしの男の子たち。素晴らしいタイミングで登場してくれた彼らが、あたしたち缶蹴らーのトップにいるおじさんを、悪の親玉呼ばわりして棒っきれを振りかぶる。

「おらぁ！」

「ぐあああぁッ！」

会長は醜い悲鳴をあげて転がった。ちなみにやったのはあたしだ。未来あるグネースたちが暴力沙汰を起こすのはさすがにまずいよなと思って、あたしがみんなを代表して会長のキンタマを蹴り上げてやったのだ。

「き、きさま、何てことをぉぉ……っ！」

「そっ、そうだぞ、ハル。おまえはひどいことをしたぞっ」

「こういうの、男は見てるだけで冷や汗が出るんだよ……」

さっきまでやる気マンマンだったグネースたちも、棒っきれを下ろして内股になる。

そんなこと言われたって、女子だもーん。

「会長さん、これに懲《こ》りたら俺たちに余計な手出しはすんなよ」

「僕らはあなたがうちの仲間を脅迫して乱暴する場面を見ました。いつでも告発します」

「この大会が終わるまで、おとなしくしてるのが身のためだと思うよ」

だらだらと脂汗と涙を流しながら、会長はヒューヒュー息を吐いて何度も頷く。

キンタマを膝蹴りされたくらいで男って大げさだよね。ウケる〜。

「……もう行こうぜ。これ以上はなんか、かわいそうだ」

「ハルちゃん少しやりすぎだよ。反省しようよ」

「もう二度とこんなことしないって約束しようか、俺たち男に」

そのあとも男の子たちからよってたかって責められた。

どうして被害者のあたしが怒られなきゃならないの。これだから男尊&女卑の世界って嫌い。

——決勝戦の朝が来る。

もうあたしたちの缶蹴りを邪魔するヤツもルール変更もない。フィールドには爽やかな風が吹く。缶蹴りにどこまで人生を賭けてきたか、試される資格のある者だけがここにいる。

あたしたちのファーストゲーム・フリーキック。

直前のディフェンスのターンでは、いきなり七ポイントも取られた。敵はかなりの強者《つわもの》。

決勝の相手にふさわしい。

次は、あたしたちの実力を見せてやる番だ。

サークルの中には、ポキャマズ、グネース、レラマップの三人だけ。あたしはまだ登場していない。準備が整うのを待っている。

昨日のうちに、店のみんなに協力をお願いしておいた。フィールド横に勢揃いしていた『夜想の青猫亭』の楽器隊が演奏を始める。

あたしにとっては古臭い八〇年代ディスコサウンド。だけどこの世界にとっては斬新極まりないリズムが鳴り響く。

イントロをたっぷり聴かせて、いよいよ登場したあたしの姿に場内のざわめきはどよめきに変わった。

急ごしらえだけど間に合ってよかった。かかとのぺらい靴しか知らないこの世界の人間に、八センチのハイヒールは期待以上の衝撃を与えている。

ホットパンツは準決勝のときよりもかなり切れ込みも鋭く、Tシャツもジャギジャギに切ってブラみたいにしてやった。

その上にノースリーブにしたシャツを羽織っている。空き缶の待つサークルをランウェイの先端に見立てて、場内の視線を一身に浴び、髪を流しながら悠然と歩く。

そしてサークルの中央で、あたしはシャツを脱ぎ捨てポーズを決めた。シクラソさんのパワフルなボーカルもノリにノッて、場内はますます大騒ぎだ。

ポキャマズたちがステップを踏む。あたしはセクシーに敵チームを挑発し、観客の男たちも煽《あお》ってやる。苦々しい顔をしている会長に投げキッスもしてやった。

おもむろに、缶の前にしゃがんで太ももをパッカーン。

レラマップんちのアワビみたいなパッケージの空き缶に、股間を隠してもらう格好で腰を揺する。もう場内の男たちは前のめりに崩れ落ちていった。

ゆっくりと立ち上がって、缶を蹴り飛ばす。

ズボンの前を押さえてうずくまる相手チームの頭上を、空き缶はきれいな弧を描いて飛んでいく。

決勝は——敵の戦意喪失によるギブアップで、あたしたちがコールド勝ちした。

大ハシャギして、広場の水で何回も乾杯した。

グネースが噴水に飛び込んで知らないおっさんに怒られて、それがおかしくってあたしたちはお腹を抱えて笑って、そんで数え切れないくらい抱き合った。

レラマップは空き缶を掲げて、やったぜって何回も叫んでた。ポキャマズはこっそり涙を拭いていた。暗くなるまであたしたちは喜びあって、「来年も優勝しよう！」って大いに盛り上がった。

あたしはみんなに、チームからの脱退を申し出た。明日も練習だって、いつものように約束をして、それから三日後。

「……待てよ。俺たちでなんとかするから」

「無理だよ。ルールだもん」

「会長に抗議しようよ。僕たちには会長の弱みがある！」

あたしはポキャマズの提案にも首を振る。あんたの、証拠らないし誰が聞いても会長の味方をするに決まってるよ。だって、あたしは娼婦だもん。

『大会に出場できるのは男子のみとする』

ルールブックに新しく加えられることになった一文は、男尊&女卑のやつらも納得の、つまりこの世界では常識的なルールだった。当たり前すぎて書き漏らしていただけ。スポーツチームに女子が加わるなんてのは、こっちの世界ではやっぱり常識外れなんだ。

さらにあたしが娼婦だってことも、もう街じゅうが知っている。決勝戦の騒ぎで噂が広がり、関係者にも知られることになったから何を言っても無駄なはず。チームのみんなにも知られた。彼らは何も言わないけど、きっと親からもあたしと遊ぶなって言われてるはずだ。

「俺は……いやだ。ハルは俺たちの大事な仲間だ。『仲良し』で『元気』じゃないと、このチームは終わりだ」

「僕もそう思う。ハルちゃんもいて仲良し元気隊なんだ。これからもこのチームは変わらないよ」

「うん。もう大会なんて出なくていいよ。こっちから願い下げだ。ずっと俺たちと一緒に缶蹴りしよう。ね、ハル？」

涙、我慢するのつらい。こいつら本当に、キラキラの星からやってきた王子様たちじゃねえの？

でも、いつまでもこの優しさに甘えちゃダメだよね。ていうか、みんな真顔だから言いづらいけど、あたしらのやってたことってほぼ缶蹴りじゃないしね。そろそろ真面目にやろうぜ。

「バーカ。こっちこそいつまでもこんなことしてられないの。あたしだって仕事忙しいんだから」

それはマジでどうにかしないといけない感じだった。なにしろこれまで早朝練習のために客の扱いをぞんざいにしすぎて、顧客満足度調査でも最下位まで落ちてしまったのだ。誰だ、あんな余計なアンケート始めたの。

「子どもの相手はもう終わり。あんたらガキはガキ同士で新しい友だち見つけて遊びなさい。あたしはあきたし、かーえる！」

ぴょんと立ち上がって伸びをする。もう男子の世界の邪魔はやめる。この子たちだって、いいかげん本当の缶蹴りしたいはずだしね。

あたしはもう、ここで卒業！

「……ハル、演技下手すぎ」

「僕たちがそんなので騙されると思ってる？」

「本当はやめたくないくせに。ガキはどっちだ、ハルー」

うるせえよ。

いいから今はこっち見んなよ。泣きたくないんだよ。

「元気でな、おまえら。大人になったら店に来い。あたしがイイコト教えてやるっ」

振り返らずにバイバイって手を振る。大好きだったぞ、おまえら。

「──本当に？」

ポキャマズの呼びかけに、思わず立ち止まって振り向いてしまった。みんな真剣な顔してて、思わずドキッとする。

「約束だぞ、ハル」

「大人になったら、僕たちにイイコト教えてよ」

「俺たちは、ハルに決めてるんだからな」

頰を真っ赤にして、鼻水を垂らして、男の子たちはキラキラの瞳を濡らしてた。

「……おー、約束だ！」

あたしはぐにゃぐにゃになっちゃいそうな顔をなんとかごまかし、笑顔を作って走り出す。

バーカ。本当に男子ってバカだよな。

あんたらなんて、大人になったら三人とも超いい男になって──あたしのことなんか、かまってらんないよ。

＊

「ひ～ひっひっひ、どうだ、この小悪魔めっ。わしに逆らうとどうなるかわかったか！」

「あーれー、お許しをー」

あたしみたいなのに執着する男って、マジでこんなのばっかりだから。

缶蹴り会長、ちゃんとキンタマも無事に生き残ってたみたいで、しつこくあたしのところへやってくる。

でも、さすがに店に来てお金まで払ってくれた以上、おとなしく犯られるしかないよね。

缶蹴りんぐ協会の会長の印を尻に押されてぐりぐりされる。「わしのもんじゃあ！」と嬉しそうに叫ぶジジィに、「もう言いなりです～！」と尻を振って答える。

「はぁ、はぁ、この締めつけ、この美尻。缶蹴りんぐはやはり素晴らしいのう、選手を美しくするっ」

「あのう、じゃあ女子の出場も認めてもらっても……」

「生意気を言うなっ。女のくせに、缶蹴りのことに口を出すんじゃないっ」

小さいチンポをあたしのマンコの中でぐりぐりしながら、会長は満足そうに笑う。

まあ、そうですよね。

どこに行こうとあたしはあたしだが、世界も世界だ。結局、ここに帰るしかないのよね。

「イクぞっ、おおっ、小悪魔めっ。はぁっ、あのスケベな尻に、出すんじゃっ、おまえの尻は、わしのもんじゃあ！」

缶蹴り協会の会長さんだというわりに、勢いのない精液があたしのマンコの中にキックされる。

「あぁーん、会長さんの、すごいぃっ！　あたし、もうこのおチンポに逆らえないぃ！」

「ひっひっひっ。そこまで言うなら、もう一発――」

「あ、延長八十五ルバーね」

まあ、顧客も増えたし、部活みたいで楽しかったし、男子かわいかったし。

面白かった！

＊

「――俺、キヨリと付き合うことになったから」

カウンターの上に肘《ひじ》をつき、カープの帽子みたいな髪型をした男が陰りを帯びた声で言う。

「……？」

「千葉だよ！」

「あー、千葉！　久しぶりじゃん、何してたの？」

「毎日店に来てたし、毎日闘技場の前で待ってたよ！」

全世界共通でろくな男じゃない代表。千葉。

しばらく会わないうちにツッコミの声量まで増したみたいで、相変わらず元気そうだった。

「ハルがそうやっていつまでもフラフラしてるから、キヨリのルートがずいぶん先に進んじゃったよ」

「そういうの相変わらずよくわかんないけど、付き合うことになったんだ？　よかったじゃん、キヨリちゃんかわいいっしょ？」

「かわいいんだけどさ。処女だったし。そういうのは全然いいんだけど、やっぱり問題あって」

「なによ？」

「マグロなんだよ」

頭に赤身を載せた男が何を言ってんだとか、てめえのセックスは冷凍マグロじゃねえかとか、いろいろツッコみたいことありすぎて逆に何も言えなくなってしまった。

ダメだ、あたしのツッコミ力は下がっている。ヌルい環境で甘やかされてたせいだ。

「やっぱり、ハルじゃないとダメなんだよ」

千葉はあたしの手を勝手に握ってくる。とうとうまともにカノジョとかも作れるようになって、コイツかなり調子に乗ってる。

「ハルがうちのメイドになって、キヨリにもいろいろ教えてやってくんないかな？　せめてフェラくらいは言われなくてもできるように――」

「コーヒー飲む？」

「あっつッ！　俺の頭はカップじゃねーし、カープでもねぇし！」

「わりぃ、群馬」

「千葉だよ！」

ほんと、ろくな男いねー。

# 凶↑こんな顔した人

唯一、その人だけがあたしには特別に見えた。

雨が叩いている窓をバックに、端整で彫りの深い横顔と薄い緑色をした瞳で店内を眺めてから、お酒に口をつける。

銀色の髪に無精ひげ。何も食べないし、誰ともしゃべらない。目が鷹のように鋭くて、他の女の子は彼のこと「怖い」って言う。

あたしには――「寂しい」って言ってるみたいに見える。

「ね、スモーブ」

「はい?」

「今夜どうする? 上に行く?」

「え、いや、今夜は……」

相撲部はあれからも毎晩のように来てるけど、三回に一回くらいしか買ってかない。

セックスにもそろそろ慣れてきたというのに、あたしの愚痴とか缶蹴りの話を嬉しそうに聞いて、汗をかいて、それだけで満足してくれる変わったお客さんだ。

じゃあまたおしゃべりしようね、というと相撲部は赤い顔して「はい」って笑う。

出口まで見送ってから、あたしはあの人のところへ行く。

「おしゃべりの相手はいかがでしょうか〜？　三十分二十ルバーで〜す」

「間に合ってる」

いや、どう見ても間に合ってねーから声かけてんだし。

今夜もつれない銀髪おじさんに、あたしはしつこく食い下がる。

「そういえば、こないだお客さんを闘技場の近くで見かけたんですよ。あの近くに住んでるんですか〜？」

「…………」

「あたしは缶蹴りんぐやってたんですけど、ちょうどその日に缶蹴りと運命の出会いを果たしてぇ。あたし缶蹴りんぐ界ではわりと有名な選手だったんですけど、見たことないですぅ？」

「…………」

「しっつれいしました〜」

ちぇ。あたしのことを視界にも入れてくんない。

なんなんだろ、一人で飲んでて楽しいのかな。だったらどうしてこの店来るのかな。

少しはお話してほしいな……と、すごすご引っ込もうとしたところで。

「待て」

銀髪おじさんが、初めてあたしを呼び止める。

「かんけりんぐとはなんだ？」

とても渋い声と、「けりんぐ」って響きのかわいさのギャップがすごくあたしの下っ腹に効く。

さらにテーブルに置かれた二十ルバーに、飛び上がりそうになってしまう。

「あたしはハルです！　よろしくお願いします！」

「そうか。で、かんけりんぐとは？」

へー、あたしへの興味は缶蹴り以下なんだーって感じだけど、とにかく初めてテーブルに座らせてもらったことに感動しつつ、あたしは缶蹴りの説明を始めた。

「——で、味方が三人捕まったとしても、誰かが缶を蹴ることに成功すればポイントは入ります。ただし味方が一人捕まった時点で一ポイントずつ失点するので、どこまでの損を覚悟して作戦組み立てるかっていうのと、ディフェンス側はその作戦をどこまで読んで敵を見つけられるのかっていうあたりが醍醐味というか」

「戦略か。子どもの遊びの中で戦争のやり方を教える。人間らしい発想だな」

銀髪のおじさんは、あたしの話を面白いと思ってんのかつまんないのか、よくわかんない表情で頷く。

鷹みたいな目は、鷹みたいにあたしの顔を見つめている。バシバシついばまれたいなー、なんてあたしは思ってしまう。

「缶蹴りって、わりと国民的な遊びっていうかスポーツで、子どもの頃は誰でもやってるって感じらしいですけど。見たことないんですか？」

「その遊びは、雨が降っていてもやるのか？」

「いえ、雨天中止です」

「じゃあ見たことはない」

当たり前のように言って、窓の向こうを見る。

すげえ雨男おじさんだ。土地によっちゃ神だろ。

「おじさんは、子どもの頃そういうことして遊ばなかったんですか？」

「俺の生まれた場所に、そもそも遊びなんてなかったからな」

なんだろう。ここじゃない街から来たって意味なんだろうけど、あたしはそのとき、なんだか親近感みたいの覚えた。

このおじさんも、ひょっとしたら別の世界から来た人だったりして。なんて。

「あたしの生まれたところは、遊びしかなかったんですよ〜」

東京と友だちとスマホ。今でもはっきりと思い出せる懐かしい空気。

おじさんは、じっとあたしを見つめたあと、初めて少しだけ笑った。心臓を鉤爪《かぎづめ》で握られた気分。だけどおじさんは、あたしを見てるのに、あたしじゃない人を見てた。

「俺の息子も遊ぶのが好きだった。親に黙って街まで出てきて、よく人の子と遊んでいたらしい。そのころ缶蹴りなんてものがあったか知らないが」

おじさんが、初めて自分のことをしゃべった。子持ちかよってわりとショックだったけど、まあ、この年でこのイケメンで独身ってことはないよね。むしろありだよね。ドキドキしながら次の話を待つ。でもおじさんは、それ以上は言わないというように酒で唇を湿らせるだけだ。

「結婚してるんですねー。お子さんはお一人ですか？」

あたしからもう少し突《つつ》いてみる。

おじさんは、しゃべり過ぎたぜって思ってるのかツンと黙ってしまった。すごく壁の分厚い人だな。雨に当たりすぎたせいか？

なんだか切なくなる。どうしてそんなに人を拒むんだろう。あたしにその理由がわかるとき来るんだろうか。それとも娼婦なんかには心開いてくれない感じなんだろうか。

銀色の髪をかき上げる長い指がとてもセクシーで、その手に抱かれた顔も知らない女に、あたしは嫉妬してる。

「この街には、お仕事で来てるんですか？」

仕事のことなら少しはしゃべってくれるのかもしれない。男の人ってわりとそっちの話は好きだから。

「そうだな。仕事。俺のしていることは仕事なのかもな」

あたしから話題を変えたことに、ちょっとは責任を感じてくれてんのか、おじさんは考えるように繰り返したあと。

「時々ここに、人間を見に来ている」

と、無表情のまま言った。

人間観察？　それ一番面白くないやつだ。人をこっそり眺めて面白いとかぬかすやつに限ってつまんない人間だったりするんだよね。

「面白そうですねー。あたしも人間観察好きですー」

でも趣味なんて、男に合わせて変えるものだからね。

あたしがすり寄っていくと、なぜかおじさんは若干表情を曇らせた。

「つまらない趣味だな」

そりゃないっす☆

「人間はつまらない。命の群れとしか見るものがない。しかし――」

そこで言葉を切って、店の中を横目で見る。

バカ騒ぎする男どもと、愛想を振りまく女たち。

いつものあたしの職場の光景。お客さんに楽しんでもらうのがあたしたちの仕事で、たくさんの笑顔と愚痴と自慢話とセックスが目の前でお金に換わっていく。

おじさんには、これがつまらなく見えるんだろうか？

あたしもここに来るまではずっと楽しむだけの人だったから気づかなかったけど、きっとどんな世界のどんな遊びも、裏に回ればお金と労働の苦労でいっぱいだったんだろうな。

でも、そんなことを気にされたらそれこそ苦労は報われない。お金を稼いで正しく使って遊ぶ人が正義なのだ。そしてここは楽しみたい人が集まる場所だ。おじさんも楽しんで！

その横顔は、相変わらず何を考えているのかわからなくて、なのにどうしてこんなにカッコイイんだろうって、むしろネコ耳つけてやりたいと思った。

「——そろそろだな」

「はい？」

「三十分だろう？」

確かに、ぴったり三十分。体内時計すごすぎ。

「……八十五ルバーで、二階のあたしの部屋にご招待できますけど……」

チラッと上目遣いで言う。

絶対ダメなんだろうなーと思って言ったら、やっぱりダメだった。

おじさんは、さっさと席を立って出口へ向かう。あたしはその背中を「ありがとうございました」と言いながら見送った。

次は、いつ雨が降るんだろう。

＊

今日はずいぶん酒場が賑やかだなーと思ったら、やっぱり兵隊さんたちの団体だ。

シクラソさんが、そのテーブルで相手をしていた。中の一人が彼氏さんなんだ。

「この人、ビスクさんっていうの」

ジョッキを運んでいったあたしに、シクラソさんは照れくさそうに紹介してくれる。

水色の厚い前髪を軽く横に流して、目が隠れそうな人。前からお店に来てた人だから見たことはあったけど、ちゃんと紹介されたのは初めてだ。

まあ、確かに普通っぽい顔。だけど、笑顔はわりとイイ感じだった。

「シクラソ姉さんがお世話になってます〜」

「お、かわいい子きたじゃん」

兵隊さんは上客なので店も大事にしている。一度にたくさん来て飲み食いしてくれるし、若いからすぐ嬢を買う。日頃溜まってる分スケベだけど、元気がいいから飲みの相手しているだけでもわりと楽しい。

それに、彼らがいると普段はマナーの悪いお客さんもおとなしくなる。千葉もそのリア充的な雰囲気を嫌ってすぐ帰る。いいことずくめだった。

あたしもたまに兵隊さんに買ってもらってる。店外デートしたこともある。

首都から派遣されてきた人や、田舎から志願して入隊した人たちなんかは、地元に彼女とか嫁とか残してきてるので、たまにはデート気分を味わいたくなったりするそうだ。

中には兵舎に呼ばれてヤッちゃう嬢もいるみたいだけど、あたしはそういう関係は断ってる。誘われてないわけじゃなくてよ。

彼らのチャラい大学生みたいなノリは嫌いじゃないし、かっこいいと思う人がいなかったわけじゃないけど、仕事じゃないエッチは簡単にしないほうがいいかなって。

最近は思ったりするのでー。

「ハイ、ウーハーの人！」

「あ、俺の」

お酒作ったりお話の相手したり、一緒に飲んではわちゃわちゃ席を替わったりと兵隊さんたちのテーブルは忙しい。

ビスクさんが十隊長？　とかやってる部隊の人たちで、ようするにここにいる人たちは彼の部下らしい。みんな優しいし面白いし、いい感じ。

「ハルちゃんは、この仕事長いの？」

シクラソさんが違う兵隊さんの相手をしているときに、ビスクさんが声をかけてきた。

「まだ一年経ってないです～」

「へえ、ずいぶん慣れてる感じだね。モテるんじゃない？」

「いえいえー、シクラソさんの足元にも」

「足もきれいだし、かわいいよね」

ビスクさんが、あたしの太もも触ってきた。

シクラソさんは気づいていない。

「えー、そんなこと全っ然ないですよ～。あ、ジョッキ空いてる人いますー？」

さりげなく席を立って移動する。あー、びっくり。意外とそういうことしてくる人なんだ。

気づいてないよなー、シクラソさん。

「今度来る百隊長って、かなりやばいって話じゃないっすか」

「あー、中央でかなりやらかしてたって話？でも何とか大臣さんの身内なんだって？」

「気にくわないからって病院送りにされたやつもいるって。しかも、どっかの田舎貴族の娘を無理やりヤッたとかの話もあるってよ」

「頭おかしいんじゃねぇの、それ」

「こっちの前線送りって、向こうから見たらただの厄介払いだよな。俺たちもやばくね？」

「ビスク隊長はそんなやつの好きにやらせないって。ねえ、隊長？」

ビスクさん、一瞬表情を固めたと思ったらニヤリと笑って。

「まあ、おまえらのことは俺が守ってやるから心配すんな」

「かっくいー」

「守られたーい」

体育会系サークルみたいな兵隊さんの世界も、いろいろあるっぽい。まあ、一応あたしも社会人一年目だけどどこでそれなりにいろんな人生も見てきたし。どこも甘くないよね。

「俺、ハルちゃんの部屋行きたいかも」

ふわふわ髪した若い兵隊さんに誘われる。ちょうどあたしのおしゃべりタイムも終わりそうな時間だ。

「えー、いいよ。連れてってあげる」

「ちょっと待った。俺もハルがいい」

すると短髪の兵隊さんも割り込んでくる。こういうときは多くお金を出したほうなんだけど、彼ら仲間だし「どっちからにする？」って両方受けることにした。

「俺が先に誘ったし」

「でも俺のほうが先輩だろ？」

「あー、そうでした～」

短髪のほうが先にお買い上げ。ノリが軽くていいよね、彼ら。

部屋に入ったらいきなり抱きしめられてキスされる。キスは十五ルバー。これは嬢のほうで勝手に値段をつけられる。

「前の子は十だったけど」

「あたしは高いの、ごめんね。その代わり上手だってよく言われる」

「あっそ。まあいいや、はい十五」

キスを続けたまま、ベッドに押し倒される。服の上から胸を揉まれて少しずつ脱がされていく。若い子のえっちって感じだ。兵隊さんは優しい。

あたしも胸を舐めてあげる。くっきり盛り上がった胸筋。肩もがっちりしてる。おいしい体だ。

「結構鍛えてんの？」

「そ。腕立てとか、個人的にも毎日続けてる」

「モテるために？」

「当たり前じゃん」

俺が部隊で一番かっこいい体してるって短髪は笑う。ちょっとかわいいなって思った。

「あんっ、あっ」

がっちりした体があたしの上に覆い被さって、かちかちのチンポを挿入される。

あたしは彼の首に腕を回し、足も腰に巻き付けて動きを合わせた。体に自信のある男は、こうやってしっかりしがみついて甘えられるのが好きっていう統計が出ている。あたし調べ。

「はぁ、はぁ、ハル、いいぞっ、んっ」

「あたしも、いいよっ、すごいっ、気持ちいいっ」

腕立てするみたいに腰振って、それをいつまでも続けてて体力やばいなって感じで、充分にあたしを楽しんでから短髪さんは射精して下に戻っていった。

シャワーを浴びてからあたしも酒場に降りていく。

「ハルちゃん、ちゃんと体きれいにした？　先輩の残ってたら最悪だよ、マジで」

「おまえ、うるせーよ」

ふわふわ髪があたしのこと待っててくれたみたいで、短髪に殴られながらもさっそく買ってくれた。

二階に連れてって、服を脱がせてあげる。短髪ほどじゃないけど整った体。細マッチョって感じ。

彼らの何がいいって、体がおいしいよねー。

「あぁ……やべ、すげえ上手い……」

口でしてやったら、ふわふわ髪はうっとりとあたしの髪を撫でる。

細くて長いチンポは、かっこよく反り返っている。

「ね、俺もハルちゃんにしたい。するの好きなんだよ、いいでしょ？」

だから、ちゃんと洗えって言ってたのか。あたしはベッドの上で足を開く。ふわふわ髪はそこに顔を近づけて、「きれいな色だね」って言ってキスをする。

「んっ」

やべ、マジ声出た。こんなとこ舐められるの本当に久しぶりで、しかもちゃんと舐め方わかってるっていうか、柔らかい舌でねっとりされてピリピリきちゃう。

割れ目を舌で広げられる。濡れちゃったそこの汁を、クリに舌で塗られてまた声出ちゃう。

「はぁ……」

やばい、上手い。舌でここまでされるの初めてかも。ふわふわ髪は、あたしの太ももを掴んでチュルって吸う。ビリビリきて腰が跳ねちゃう。

「……後ろから、いい？」

あたしは頷いてベッドの上で四つんばいになり、いいよって足を広げる。

「すごい締めつけ」

ふわふわ髪はあたしの中で気持ちよさそうに震える。

こっちこそ気持ちよくしてくれて嬉しかったから、今度はあたしの番。最近評判の美尻を見せつけながら、ぐりぐりチンポ擦ったげる。

だけど、彼も合わせてくる。腰使うのすごい上手い。

「部隊では、俺が一番、乗馬が上手いんだ。女と馬は、乗り方が似てるんだよっ」

ホントかよ。

でも、乗りこなされてる感じする。あたしたち、ぴったりセックスしてる。

ふわふわ髪もあたしの乗り心地が気に入ったみたいで、背中撫でたり、髪にキスしたり、すごい甘えてくる。

「ハルちゃん、いい、すごいかわいいっ」

あたしの手をギュッて握って、恋人みたいにエッチする。あたしも握り返してお尻を押しつけて甘える。こういうのいい。なんか久しぶり。

「ハルちゃん、イク…ッ！」

熱っついのが、あたしの奥にかかる。

あたしまで軽くイッちゃって、ちょっと恥ずかしかった。

「次もまた買うよ」

「ありがとー」

特別サービスに、ほっぺにチュしてあげた。

シャワーを浴びて下に降りたら、まだまだ元気な兵隊さんたちが手招きしてる。

今夜はいっぱい稼ぐぞ〜。

＊

飲み過ぎちゃって少し頭の重い次の日、店の掃除をしてたら重苦しい声がした。

「……ハルさんいますか？」

うげげっ、キヨリだっ。

相変わらず全身白の変な衣装を着た美少女が、どんより店の前に立っていた。

「少し相談したいことがあるんですが……」

「え、あ、うーん、じゃあ、外出る？」

店の前のベンチは他の子たちがお昼を食べてたので、繁華街からは離れたほうがいいかなって思って相撲部の食堂があるあたりへ向かう。

どっか店に入ろっかと言ったら、やっぱり「女だけで入りたくない」とこっちの世界水準のことを言うので、屋台で買ったウインナーみたいな肉料理を持ってそのへんの草に座った。

お尻にハンカチ敷いて座ろうとするあたしに、キヨリは「そんなことしたらハンカチが汚れます」と自分のマントにあたしも座らせてくれた。

女の子っぽいし、いい子なんだろうと思う。雰囲気が重いけど。

小さな口でウインナーをハムハムしている姿は、リスみたいだよ。黙ってても男子にモテそう。ちゃんと性格まで開発してくれる男と付き合ったら、もっと明るくかわいくなるんだろうな。

そうなってから、友だちになろう。

「で、あたしに相談ってなに？」

どうせ千葉のことなんだろうなーって思って、あたしはしぶしぶ聞いてみる。

「轟炎のイノディエーター紅のエンドレスレインネクストイノベーションさんのことなんですけど」

「誰だよ」

ごちゃごちゃしすぎて、せっかく奇跡のエックスジャパンが埋もれちゃってんじゃねーか。バカ。

「千葉でいいよ。アイツの本名、千葉だよ」

「チバ……？　初めて聞きます」

「群馬とか茨城って呼んだら、超高速で『千葉』って返ってくるから試してみたらいいよ」

ていうか千葉の下の名前を本気で忘れちゃったよ、あたし。こっちの世界に来たばかりのときは覚えてた気がするんだけど。

新しく覚えなきゃなんない人のことに頭使っちゃってるからな……東京のみんなのこと、忘れたわけじゃないけど、今すぐ思い出せない人も増えてってる気がするなー。

「そういや千葉と付き合うことになったんだって？　もう前線の向こう側とかいう場所に行ってるの？」

キヨリは頬を赤くして、「はい」と小さく頷いた。

「まだ前線の向こうには連れていってもらってませんが、お付き合いはさせていただいてます。そのことでハルさんに一言お断りをしておかないと、とは思ってたんですが」

「それは本当に関係ないって前に言ったじゃん」

「でも、チバさんはそうは思ってないようですが」

「アイツは他人の気持ちとかわからないタイプの子だから。あたしやキヨリちゃんの気持ちも、あんまり深く考えないで俺はモテてると信じてんだよ。自分の気持ちでしか考えないっていうか」

あたしも多分そういうとこあるんだと思うけど。

でもスマホとかも使えなくなって、こういう仕事に就いてみて初めてわかったんだけど、直接会うぐらいしかコミュニケーションの手段がないってのは本当に不便だし、いろいろ考える。

ちゃんと相手の顔を見て、わかんなかったらすぐ聞いて、自分の意見もしっかり言って、間違ったら訂正したり話の向きを変えたり、その場で全部解決しなきゃだから、すっごい頭を使って話さないとなんない。

一期一会感がやばいし、あとで誰かに愚痴ったり慰めてもらったりも簡単じゃないから、反省とかも一人でじっくりする。そうしてかないと、常識も知らないあたしはこっちの世界の人と合わないし。でもおかげで、ここで生きてく自信も少しはついてきた。

千葉は、チートを使って他人と違うやり方で生きていくみたいだから、ずっと東京の男子高校生のままなんだろうけど。

「……なんとなく、それはわかります。私の希望を伝えたつもりでも、彼の理解とはすれ違いがあるなぁという気がしてます」

と、キヨリも言った。コイツら長続きしないな、たぶん。

「ていうかさ、森の中に入って冒険したいから千葉に声かけたんでしょ。なのにどうして連れてってもらってないの？　そこをまず言うべきじゃない？」

「それは……頼んではみたのですが、自分はノーダメージの狩りしかしないから、と。回復役の仕事はないそうですので、私は今も病院で奉仕活動を続けています」

千葉の言いそうなことだ。

自分はチートの経験値十六倍とかで、雑魚相手でもレベルは稼げる。だったら、わざわざ危険なとこまで行く必要もない。痛い思いはしたくない。むしろ他人にチートのことバレたくないので、楽して経験値稼ぎしている姿は見せたくないんだろう。それで俺は最強になるとか、よく言うぜ。

「じゃあ、千葉と付き合ってる意味なくない？」

キヨリは、もっと自分の力を試したくて千葉に声をかけたと言っていた。

もともとファンだったにしても、不満溜まりそう。

「正直言うと、がっかりしてる部分はあります。ただ私もあまり男の人のこととか知らないし、彼の強さに惹かれているのは事実ですので。できる限りこのご縁を守るために努力したいんです」

「ふーん。まあ、初めての相手なんだって？　そりゃ大事に思えちゃうのかもしれないけど、だからってそこに縛られる必要もないんだよ」

「ハ、ハルさんっていろいろあけすけですよねっ。は、初めて……確かに私は、男の人と付き合うのは初めてでしたけど、どうしてご存じ……？」

「千葉が自分で言ってたに決まってるでしょ。アイツさ、そういうこと平気で他の女に言えちゃう男なの。気をつけたほうがいいかもね」

キヨリ、かわいそうなくらい真っ赤になった。

あたしもちょっと言い過ぎたと反省。

でも、千葉がどういうやつか、この子はずっと勘違いしたまま付き合ってるような気がして、余計なこと言いたくなってしまう。

「ぶっちゃけ、エッチのときも相当注文うるさいんでしょ？　それであたしのとこ来たんじゃないの？」

図星だったみたいで、ウィンナー握りしめて俯いてしまう。

なんか、かわいそうだなー。教会とかシスターとかよく知らないけど、そういうの遠ざけて暮らしてそうだし。

「チバさんは、私が至らないせいで不満があるみたいで、その、いつもハルさんはこうしてくれたっていうことを言います」

最低だな、アイツ。

女心がその一言でどんだけ削れちゃうと思ってこんだよ。無自覚だとしても酷すぎるわ。

まあ、そこは元世界なじみとしてあたしからも説教かますとして。

キヨリも自信がなさすぎだよ。

自分がかわいいの知ってて千葉に声かけてきたんだと思ってたけど、案外本気で勇気を出した行動だったんだね。狭い世界で生きてきたんだね。

最初の男は運が悪かったと思って、ここから男を見る目とプライドを高めていくしかないか。うん。こればっかりは本人の気持ちと経験だ。

「ハルさんにとってはご迷惑なの承知しているんですけど、私も千葉さんへの気持ちが前と変わったわけではありませんし、至らない部分についてはできるだけの努力はしたいんです。お礼は必ずいたしますので、ご、ご教授いただけないでしょうか？」

「お礼なんて気にしないでいいよ。ネットないとこういうとき不便だよね」

「ねっと……？」

「なんでもなーい。いい？　それじゃ始めるから、よく見て真似して」

こんなこともあろうかと思って、ウインナーだったのだ。

＊

相撲部と久々エッチして下に降りたら、酒場は賑やかになっていた。

また兵隊さんたちかなーと思ったら、ビスクさんたちと一緒に知らないおじさんも来ていた。

「ハルちゃん、こっちー」

二十ルバー見せて、こないだのふわふわ髪が呼んでる。

はいはーいとお酒を持ってテーブルについたら、そのおじさんは気難しそうにあたしを睨む。

「ここは田舎くさい女しかいないのか。おまえら、こんなところで飲んでて楽しいか？」

他の兵隊さんたちは、追従《ついしょう》じみた笑いを浮かべる。

いかにも軍人って感じの口ひげと、胸にぶら下げてる変な勲章みたいの。

あー、この人が前に言ってた首都から来た百隊長？　とかいう人？

田舎くさくて悪かったな。こっちの世界の流行りなんて知らないし。つーか、どうせおまえらの世界で首都って言っても馬が歩いてる大昔なんだろうが。馬糞でも踏んでろオヤジ。

「こちら、すごくダンディな方ですねー。新しく赴任されてきた人ですか？」

馬糞のこと考えながらでもちゃんと笑顔を作れる。あたしの営業トークなめるなよ。

百隊長は、「ふん」とひげを擦るだけだ。ビスクさんが代わりに「今度赴任されてきた百隊長のバフネスさんだよ」と説明する。

「まあ、こんな田舎では店など選べないか。おい、おまえ。金は俺が払う。コイツの分は返せ」

ふわふわ髪の出した二十ルバーをあたしから取り上げ、代わりに五百ルバーをテーブルに置いた。

「他に呼びたい女がいれば呼べ。好きなだけ飲め」

そして、部下たちに女をあてがう。卑屈なくらい兵隊さんたちは喜んで、嬢たちを指名する。

バフネスとかいうオヤジの顔には、異様に大きなバッテンの傷痕が付いている。目が、何を見ているのかわからないくらい黒い。

「女。俺に余計なおべっかなど使わなくてもいい。そんなヒマがあるなら俺の部下たちを喜ばせろ」

ビスクさんが隣で、「百隊長は優しい方なんだ」と頷く。最初はいい感じに見えたその笑顔が、じつはシールを貼ったみたいに作りものくさいことに気づいた。

「ベッドでも口応えするな。何でも好きにやらせてやれ」

あたしはこのオヤジのこと怖いなって思った。

他人の心を、平気でがりがり削れるヤツだ。削って、自分のものにしちゃう男だ。

「もちろんです～」

それでもあたしは笑う。プロだから笑う。

百隊長は、ニヤリと口を曲げた。こんなに不吉な顔で笑う人をあたしは初めて見た。

# エンドレスレイン（千葉は関係ないやつ）

バフネス百隊長は、それからもよく部下を連れて飲みに来た。

そのたびに兵隊さんたちの様子はどんどん変わっていった。体には生傷が増えて、特訓が厳しいって愚痴をこぼしている。

でも、みんな口を揃えて言う。

「バフネス百隊長は素晴らしい人だ。誤解されやすいけど、どうやったら俺たちが強くなるかを真剣に考えてくれてる」

セックスも変わった。前はもっと丁寧だった彼らも、そのへんのオヤジたちと同じように、娼婦を性処理道具として使う雑な抱き方になった。

「男は戦うための生き物だ」

筋肉の美しさとか髪の柔らかさなんていう、チャラいことは気にしなくなった。

嬢と軽い話題でおしゃべりを楽しむよりも、百隊長の何のことない一言も聞き漏らすまいと、ギラギラした顔で彼を囲むように座っている。

そして酒の合間に、百隊長の許可を取って嬢を抱く。

まるでトイレでも済ませるみたいに、ざっくりと抱いていく。

「女は……精液を捨てる穴だ……ッ！」

ざらざらの坊主頭になったかつてのふわふわ髪が、あたしの中で乱暴に射精した。

＊

「あいつら最近ちょっと殺伐としすぎですよねー。シクラソさんの彼氏はどうです？　下手くそになってないです？」

開店前のいつものベンチで文句たらたらのあたしに、シクラソさんはため息をつくだけで何も答えてくれない。前なら、自慢げに回数まで教えてくれたのに。

あたしとルぺちゃんが両方から顔を覗き込むと、シクラソさんは「何でもないー」と膝を抱える。

「これ最近してないっぽい」

「甘〜いタンパク質が足りないんだな、きっと」

「うるさい。別にいいもん。どうせ私も本気じゃなかったし。本気にするわけないし」

「え、別れたの？」

「いやそう言われたわけじゃないけど……全然デート誘われなくてさぁ。店に来ても指名もしてくれないしさぁ」

「こっちから行けばいいんじゃないですか。部下の人たちにも紹介されてる仲なんだし」

「んー、そういうのは……ちょっとね。なんていうか、呼ばれないと行きづらい。わかるでしょ？」

「でも付き合ってんだし！」

「無理だよ。でもいいんだ。簡単に終わるのはわかってたし、だから私も最初から本気にはしてなかったし」

本気にしてない、わけがない。

ただ、こっちはあまりにも立場が弱いのだ。だって毎晩違う男に抱かれてんだから。

だから甘えたくてもわがままは言えない。お付き合いしてる自信なんて最後までない。

「どうせ続かないよ」って自分に保険をかけておきながら、「でもまだわかんないよね」と淡い期待を膝と一緒に抱えて待つだけ。

それが娼婦の恋だ。

「もうすぐ冬かー」

形のいい唇をへの字にして、アクセのたくさんついたオレンジの前髪を引っ張り、くりくり捻ってはシクラソさんはまたため息をつく。

「今年も独りぼっちの冬になるのかぁ……」

あたしもルペちゃんも、そこは沈黙するしかなかった。

「今度三人で鍋作ってみません？」

「いいねー。私、料理なんてできないから食べるだけだけど」

「シクラソさんは本気で歌以外のこと何か身につけたほうがいいと思う」

「食べるだけでいい」

「はいはい、それじゃあ鍋祭り――開催決定っ！」

「やったあ！」

＊

まあ、なんだかんだで団体さんが来てくれる回数も増えたのであの百隊長さんの存在も店としてはプラスで、マダムからも「丁寧に接客するようにね」と一言あったりもして、それからも兵隊さんたちとは上手くやっていた。

ただもう、コイツらどこの軍隊だよって感じの軍隊に彼らは育ってしまっていたけど。

「おい、おまえ！」

「きゃっ？」

ルペちゃんが、ピンク色のふわふわ髪を短髪の兵隊さんに鷲掴みにされた。

あたしが慌てて立ち上がると、隣のビスクさんに肩を掴まれて引き戻される。

ルペちゃんは、バフネス百隊長にお酒を注《つ》いでいたところだ。そのとき彼の軍服のズボンに少しこぼしたらしい。どうせ周りで騒いでる兵隊の誰かがぶつかったんだと思うけど。

「百隊長に何ていう無礼をした！　早く謝れ！」

いきなり乱暴に髪を引っ張られて、謝るも何もない。それでもルペちゃんは、「ごめんなさい」と頭を下げて謝る。

百隊長は、他人事みたいにグラスの酒をあおっている。濡れた太ももをそのままに。

「すぐに、お拭きしますので……」

「い、痛いっ！」

「おいっ」

「百隊長に無礼を働いておいて、頭を下げれば済むと思ってるのか。女は女らしく奉仕してお詫びしろ」

膝の後ろを蹴られて、ルペちゃんが百隊長の足の間に座らされる。

濡れた太ももが目の前に。兵隊たちの下卑《げび》た視線がルペちゃんに集中する。

「あー、そういうのなら、あたしにお任せです～」

猫とか犬とか言われて似たようなことやったことあるし、あのときはもっとなんかアレな雰囲気だったし、あたしなら全然平気。

でも、立ち上がりかけたところを今度は違う兵隊さんにお腹を叩かれる。ひでえ。暴力はひでぇよ。

ルペちゃんがアイコンタクト送ってくる。「大丈夫だからまかせて」って。

ピンクい可愛い舌を伸ばして、百隊長の太ももをペロペロ舐める。

百隊長はさっきから他人事のような顔をして、酒を飲んで無視している。そして、思い出したように笑う。

「この間のゴブリンオークどもの首を持ってきてやればよかったな。そいつらを舐めさせてやるのも一興だったろう」

「はははは、それウケますね！」

「百隊長の指揮のおかげで、奴らはほぼ全滅でしたからねっ」

「俺、今度こそ十四首を挙げてみせますから！」

「よく言うぜ、はははは」

ルペちゃんは、子犬みたいにペロペロと舌を動かしている。

兵士たちは、彼女にこんな屈辱的なことをやらせていることも忘れたみたいに、くだらないこと言って笑う。

なにこれ。イジメじゃん。すごく腹立たしくて、でも何もできなくて唇を噛む。

ルぺちゃん……あたしはちゃんと見てるからね。すっごくエロいよ。ナイス舌使いだよ。

そのうち、百隊長は腰を浮かせてファスナーを下ろし始めた。

ボロンと大きなチンポを出す。兵隊さんたちも、一瞬、驚いたように空気が止まった。

「……次の遠征が楽しみだぜ」

「あぁ。また俺たちの隊が一番首級を挙げるぞ」

だけど、すぐに話題を変えて目も逸らす。

それどころか、他の客や店の人からも隠すように席を替えてやがる。

「そーゆーのはお金払って二階へ――」

ムカついて文句言おうとしたあたしの太ももを押し留め、ビスクさんが二百ルバーをテーブルに置く。

ルぺちゃんはチラリとあたしのほうを見て、そして目で「平気だから」と言ってそこへ舌を伸ばす。

「んっ、れろ、れろっ、ちゅっ」

えっちな舌使いで音を立てて、ルぺちゃんが百隊長の百ちんちんを舐める。

ねっとりと、絡みつくような舌使い。さすがだよ、ルぺちゃん。すごく勉強になる。えらいよ。

「あー、早く魔物の奴らぶっ殺したくなってきた！」

「興奮してんじゃねぇよ、ははっ」

なのに、コイツら最低だ。結構好きだったのに、バカヤロウ。

「ビスク十隊長」

ルぺちゃんにしゃぶらせたまま、百隊長は言う。

「貴様、この店の女を囲ってるんだってな？」

黒くてのっぺらした目だ。インクで塗ったようにしか見えない真っ黒の瞳。

「はい。今日はいないようですが」

ステージで歌っているシクラソさんを一度も見ることなく、ビスクさんも薄く笑って答える。こっちも、まるでシールを貼ったみたいな笑みだった。

「ふむ、そうか」

ルぺちゃんを跪《ひざまず》かせたまま、まるで帝王みたいにバフネス百隊長は椅子にふんぞり返り、ひげを撫でる。

「今度、兵舎に連れてきてもかまわんぞ」

一瞬ビスクさんの笑顔が崩れかかった。

だけどそれは本当に近くにいたから気づいた程度で、彼はすぐに天真爛漫なくらいに微笑む。

「ええ、ぜひ百隊長に紹介させてください」

ビスクさんはあたしの太ももを撫で続け、それからも楽しそうに他の隊員たちとも談笑してて、ルペちゃんはずっと百隊長のをしゃぶらされていた。

なんなんだ、これ。コイツらの会話は寒くて怖い。触られるのも嫌だ。

三十分がすぎたらすぐに席を立って、ルペちゃんを助けよう。

「うぅッ！」

そう思ったとき、百隊長がいきなりルペちゃんの髪を摑んで顔を引き上げる。

じっくりと顔を近くから覗かれて、見てるだけでサブイボが出そうなくらい気持ち悪いのに、ルペちゃんはすぐにお客さん用の欲情した顔を作って唇を舐める。

百隊長は、「ふっ」と口元にしわを刻んで笑った。

「誰か、この女と寝てきていいぞ」

「あ、はいっ、自分が！」

さっきから百隊長の横でずっとルペちゃんのフェラを物欲しそうに見ていた男が、嬉しそうに彼女を連れて行く。

ホッとしていいのか悪いのか、逆にルペちゃんがいなくなったことであたしがちょっと不安になった。

忘れてたけど、さっきからなぜかビスクさんがあたしの太ももをずっと撫でていて、いつのまにか下着にまで触れていることにようやく気づく。

「ちょっと、やめてください！」

思わず大きな声で拒絶してしまった。

いろんなことにイライラしてたせいで、ついお客さんにやっちゃいけないことをした。

しかも、兵隊さんたちに。

「おい、貴様。十隊長に向かってなんて口を――」

短髪が拳を握って立ち上がる。ビスクさんは、もうあたしに興味なくしたみたいに足を組んで酒を飲んでる。

上司に対する無礼の制裁は、部下にやらせるのが軍隊流。今のコイツらなら女でも容赦なく殴る。あたしはギュッと目をつぶって体を硬くして――

そのとき、雨が窓を叩いた。

突然の大雨は雷鳴まで響かせて、驚いた楽器隊の音楽も止まって店内は静まりかえった。

そのタイミングで扉が開いて一人のお客さんが入ってくる。

銀髪のおじさん。

周囲から集まる視線を気にかけることなんて当然なく、今日も待っていたかのように空いている窓際の席へ、真っ直ぐゆっくり歩いて行く。重い靴音を響かせ、濡れたコートを引きずるように。

彼が席に着くと、なぜか雨音も少し遠のいた。オオカミのうなり声のように低い声で、いつもの注文だけを呟く。

「ラズ酒を」

銀髪おじさんの激渋かっこいい佇まいに店中が沈黙する中、百隊長もボソリと言った。

「……俺の馬が濡れてしまうな」

兵隊たちは慌てて立ち上がり、店の外へ駆けていった。

少し遅れて、ビスクさんも立ち上がる。あたしのほうもシクラソさんのほうも見向きもしないで、そのまま店を出る。

最後に百隊長が、銀髪のおじさんをジロリと見て、あたしを見て、「また来る」と言って出て行った。

もう来なくていいし。

「何かされたの？」

シクラソさんが心配そうに近づいてくる。

あたしは「なんでもないよ」と笑って、テーブルの片付けを他の嬢にお願いして銀髪おじさんのところへ行く。

「おじさん」

別にあたしを助けるとかどうこうするつもりなんて、さらさらなかったのわかってるけど。超雨男なのだってただの偶然だし、そもそもお酒を飲みたいだけのお客さんの邪魔しちゃいけないのわかってるけど。

「ありがとうございます」

あたしは、銀髪おじさんに頭を下げる。

おじさんは、驚いた風でもなく言う。

「何がだ？」

勝手にお礼を言いたくなっただけです。

あたしがそう言うと、おじさんは「そうか」とお酒に口をつける。

「……お邪魔しました～」

スカートの端をつまんで会釈。

あー、恥ずい。なんか恥ずかしいことしてしまった。

あたし、すべった～。

「待て」

しかし顔真っ赤にしてそそくさと逃げようとしたあたしを、おじさんは呼び止める。

まだ何か？　今、あんまり追い詰めないでほしいけど。

だけどおじさんは、娼婦の大好きなルバーをテーブルの上に置いている。

二十ルバー。あたしのおしゃべり代。

「ついでだ。おまえのくだらない話をあと三十分ほど聞かせていけ」

この野郎。このドS野郎め。

いいぜ、あたしにこれ以上の辱《はずかし》めを与えたいならそうしろ。ニヤニヤしちゃいそうなの我慢して席に着き、一呼吸ついて、顔を上げる。

「鍋。というと材料ぶち込むだけの簡単な料理じゃーんと男は言いますが、そもそも鍋一つで表現できる世界観って無限くらいは余裕でありまして。とりわけ、あたしが今度店の友だちにぶっ込んでやろうと思っている闇鍋という名の闇。これはもはや死と隣り合わせの悪ふざけで——」

たった三十分くらいであたしのくだらなさは語り尽くせないですよ。

という勢いであたしはしゃべり続けた。

「——ていうかチョコポテトチップスをはんぺんに差し込むって、どうしたらそんな発想が出てくるんだよって感じじゃないですか。しかも煮込めば煮込むほど合うんですよ、これが。うちの姉、そういうことに関しては時々奇跡を起こす人だから闇鍋の天使かなって——」

「ちょこぽてとちっぷすとは?」

「すみません、その渋い声でチョコとポテトとチップスって、もう一回区切って言ってもらっていいですか?」

「ちょこ、ぽてと、ちっぷす」

「いいなー、最高にいいなー」

チップスになりてえ。

「おまえは、本当に変わってるな」

すでに空《から》になっていたグラスを置いて、おじさんは無表情のまま感心したように呟く。

「言葉の端々に、聞き慣れない単語や響きがある。他の国の言葉でもなく、最近になって生まれた言葉でもない。それを口にすることがおまえにとって自然で、染みついたものがそのまま出てきてしまってるだけだ」

おまえはそれをごまかすことにも慣れている。と、おじさんは鷹の目を少し細めた。

調子にのってしゃべりすぎちゃったか。さてさて、どうやってはぐらかそうかと頭を巡らせていたら、おじさんはさらりと呟く。

「異界より招かれたか」

空になったグラスを叩いて、慣れた仕草で別の嬢におかわりを注文した。

たぶん青くなっているだろうあたしの顔を見て、窓の向こうに視線を移す。少し疲れたようなため息と一緒に。

「……神は、あきらめが悪い」

あのノリの軽い神様を思い出す。頭も悪いようにしか見えなかった。だから、テキトーに連れてきたのがあたしと千葉だけなんてわけがない。

何人いるかなんて、教えてくれなかったし。

「──おじさんも？」

なんとか絞り出すように尋ねる。

乾き始めた銀色の髪が、少し束になって額にかかるのがとてもきれいだなと思いながら。

この世界で出会えたのが運命ならいいなと思いながら。

「いや。俺はこの界で生まれた。よそからやってきた人間を時折見てきただけだ」

ちょっとがっかりする。運命、たまにはあたしんとこの仕事もしろよ。

いやそれよりも。

「や、やっぱり他にもいるの？」

「あぁ。いたな。俺が知ってる奴らは、みんな死んだが」

と、いつものように淡々と運ばれてきたお酒に口をつける。〝死〟なんて言葉までカッコよく似合いすぎてて、ちょっと嫌な気持ちになる。

もしかしたら、神様に近い人かもしれない。

「おじさんのことが知りたいです」

もうすぐあたしの持ち時間が終わる。

なんで面白くもない闇鍋の話なんか三十分もしちゃったのバカじゃないのあたし。

もっとこの人のこと知りたい。一分一秒でも無駄にするべきじゃなかった。

「八十五ルバー。どうか払ってください。あとで必ず返しますから」

店でやりとりできる約束はこれが限界。あとはおじさんがあたしを信じてくれるかだけど。

「払ったらどうなるんだ？」

おじさんは、じっとあたしの顔を見て言う。

あたしも一瞬、何を聞かれているのかわからなくてポカンとした。

え？

「二階のあたしの部屋にご招待なんですけど……」

「おまえの部屋で話をするのか？」

「……え、いえ？」

マジで？と思いながら小っちゃい声で言う。

「セックスするんです」

おそらく初めて見る表情。おじさんは少し眉を上げた。驚いたんだ、きっと。

「ここはそういう店だったのか」

知らなかったのかよ、うおおおい。

＊

「異界からはるばるやってきて」

おじさんは、初めて入るあたしの部屋に何の興味もなさそうに、ただあたしを見下ろしていた。

「なぜ、このような仕事をする？」

それはあたしも不満じゃないわけないんだけど、この世界で生まれた人ならわかってくれてもいいと思う。

「生活のためです」

おじさんは、少しは女の部屋への興味というものを思い出してくれたのか、殺風景な室内を見渡して「そうか」と呟く。

「女が異界で生きていくのは大変だな」

そのとおりなのです。ウンウンと頷くあたしのアゴに、おじさんは手をかける。

「まだ子どもなのに、こんな商売をしなければならないのか」

子ども扱いについてはともかく、大きくて温かくてゴツゴツしたその感触に、あたしは久々に本気でやられた。

頭の中でキンコンと大当たりしたような鐘の音が鳴り、目がじわってなって顔が熱くなる。腰のあたりがフラッてきて、ついつい勝手につま先立ちしてた。

「……ＪＫは子どもじゃないです……」

むしろ発情期です。やりたい盛りです。おじさまにメロメロにされたい年頃なんです、マジＪＫ。

「じぇーけーとは？」

おそらく赤い顔になってるだろうあたしを、サルの子でも見るように超冷静に言ってくれる。あたしは、彼の視線を独占してるって思っただけで、もうこんな感じなのに。

「……やりたい盛りです……」

むしろやられたい盛りというか、あたしのマンコどうしちゃったのってくらいジュワジュワ濡れちゃってて、夜勤続きで自律神経がやられてるのって不安になるレベルだった。

あたしダメなんだと思う。このおじさんにかなり持ってかれてる。いつの間にか、ごっそり心奪われてた。

おじさんはあたしのガクガクいってる膝を見下ろし、無表情にあたしを観察する。

「これまで様々な異界人《いかいびと》を見てきたが――」

てっぺんからつま先まで、服の上から体を見られるだけで裸になるよりも恥ずかしい。

ペニスよりも興奮する目だ。

「――俺に抱かれたいと言った者は、おまえが初めてだ」

もう、やっちゃおう。

我慢できなくなっておじさんのコートを脱がせる。そのままシャツも脱がせて、現れ出でし逞しい胸筋にキスをさせていただく。彫刻みたいな体だ。

雨男のくせにどこで鍛えてんの？　あたしがキスの雨降らせてやる。

顔がカッカして、息もハァハァしちゃう。自分でもすごい発情顔してる自信ある。

なのにおじさんはいつもと同じ涼しい表情してるのがムカついて、ベッドに押し倒す。

ズボンの前は、ちゃんと膨らんでいた。嬉しくなってそこに頬ずりした。かっちかちだ。

ドキドキする。

前を開いて、えいやっと取り出す。

――ズッキーニ!!

思わずイタリア語で賞賛してしまうほど、立派なモノをお持ちでした。

「おじさん……かっこいい」

チンポ見て言うことじゃないなと思ったけど、本当に何からナニまでかっこいいので、称《たた》えるしかなかった。

おじさんは髪をかき上げてあたしをじっと見つめる。好きにさせてくれる。

そっと根本の部分に触れた。十代のやつかと思うくらいに硬くて熱い。これをアレにアレするなんて、想像しただけで荒波が押し寄せそう。マジ無理かも。腰抜けるかも。

でも、舐めちゃう。おじさんの意外とかわいい玉から、樹齢高そうな幹の先っちょまで舌でチロチロする。

さっきのルぺちゃん、こうやって舌を左右に振りながら上まで舐めてた。さっそく真似させてもらうね。

「んっ、ぴちゃ、ぺろっ」

チンポの血管をぷるぷるさせて、ねっとりと舌を這わせて、おじさんの熱さを感じる。めっちゃ反り返ってるし、先っちょなんてリンゴ飴なのってくらいにカチカチで綺麗すぎる。もうスマホ持ってたら絶対並んで自撮りしてた。LINEのアイコンにしてた。

口の中に入れると、なんかもう存在感圧倒的で、すごいよだれ出ちゃう。

「んくっ、んっ、じゅるっ、んっ、んっ」

このままずっと舐めてたいなって思うけど、その前にあたしがもう我慢できないっていうか、気持ち悪いくらい興奮しちゃってた。

ワンピースを肩から下ろしながら、おじさんの太ももの上に乗る。

あたしのマンコ濡れてるのバレてると思う。おっぱいだってめちゃくちゃに突っ張ってる。もう妊娠しちゃってるのかもしれない。

「おじさん、あの、入れてもいいですか……？」

頭もボーッとしてきてる。腰、マジで抜けちゃいそう。

「あぁ」

おじさんの渋い声に震えながら、あたしは一気に腰を落とす。

「あぁぁぁ！」

自分のじゃない声が出た。めっちゃエロい声出しちゃった。

でも抑えきれない。

おじさんのチンポがあたしのマンコを奥まで広げている。お尻が勝手に動いてしまう。

「あっ、あっ、おじさ……あんっ」

ごりごりだよ、これ。

体中にビリビリくるやつ。一番好きな男とセックスするときのやつ。

あたしの腰は本能で動いた。おじさんの顔を見ながら、夢中になってお尻を振った。

「あっ、あーっ、あっ、いいっ、これ、すごいっ、おじさんっ、いいっ！」

大きな手に背中を支えられる。

触れられただけで、あたしは嬉しくなって変な声出しちゃう。

「んんーっ、おじさんっ、おじさんっ」

もう我慢しないでしがみつくことにした。

おじさんの胸板に顔を埋めるの最高だった。

お腹の奥に当たる硬いズッキーニも、もう最高だから好きにしてって感じだった。

「あーっ、あーっ！」

もうバカになっちゃってるかもしれない。腰の感覚がおかしくなってく。

「おじさん……あたし、もう、だめっ、いきそうっ！」

できればおじさんも一緒にと、しがみついて爪を立てる。

「あぁ。おまえに合わせる」

あたしの尻を軽く摑んで渋い声で言う。どっちがプロなんだよってくらいの余裕が、憎いくらいにカッコいい。

もう完全に惚れたんだって子宮でわかる。わって大きな波がきて、頭と腰を痺れさせ、あたしは全身を震わせた。

「あぁぁぁぁぁん！」

思いっきり背中が反って、お腹の底から声が出て、腰から下の感覚が溶けちゃって、初めてのイき方する。

全身痺れてるのに、おじさんの出てるのがわかるくらい敏感。頭の中がぐらぐらしちゃう。

ぶっ倒れちゃったあたしを、おじさんはベッドに転がす。そしてさっさと服を着ようとする。

全然力が入らなくて、うつぶせのままあたしは必死にお尻を動かす。

「ま、待って」

ここで終わりは嫌だ。もっと長く感じていたかったのに。

「お願い、です……延長、してください。あたしが買います。もう八十五ルバー、立て替えるから……もっと抱いて……」

娼婦失格。かっこわるい。

だけど、おじさんが欲しかった。一度だけなんて我慢できない。

おじさんは、どこから出したのかあたしの枕元に八十五ルバーを広げる。

「生活がかかっているのだろう？　安売りはするな」

そして全然萎えてないチンポを、お尻越しにあたしのワレメにあてがって一気に沈めてくる。

「あぁぁぁぁッ」

不意打ちすぎてあたしは仰け反り、またも大きな声を上げてしまった。

「おじさ……おじさん、あっ、あぁっ、おじさぁん！」

ぐいぐいと打ち付けてくる甘くて硬いセックスに、あたしはシーツを握りしめて必死に歯を食いしばる。

だけど全然我慢なんてできなくて、ビリビリ何回もイッちゃう。

おじさんがあたしを買ってくれたのが嬉しくて、でもお金なんて払ってほしくない気持ちもあって、一秒でも長く抱いていてほしいのに、これ以上されたら死んじゃうって怖さもあって。

心と体がバラバラになりそうで、一生懸命シーツを握りしめた。みっともない声を張りあげて乱れ続けた。

おじさんは、黙ってあたしの上で腰を動かしてくれる。

あたしは娼婦のくせに、サービスするのも忘れて窓の向こうに祈ってる。

お願いだから、雨やまないで。

# ハルのいた教室で

「――詰んだ」

カープファンがカープ頭を抱えている。

その隣であたしは夢見心地でいた。こないだの銀髪おじさんとの激しいエッチを思い出して、ヘラヘラデヘヘとしていたのだ。

激しかったのはあたしだけだったけどね。てへ。

「ハル、聞いてる？」

「聞いてなーい」

「世界の存亡のかかった事態なのに！」

千葉はなんだか顔色が悪くて、ニキビがいつもより多かった。

うるせえガキだなと思いつつ、あたしは耳を貸してやることにする。一応、お金ももらったテーブルトークだしね、これ。

「どしたの？　またペナントレースの話？」

「俺が野球の話をしたことが一回でもあったかよ！　そうじゃなくて、このクソ世界の話」

テーブルをビシビシ指さして、千葉は興奮気味に言う。

「レベルキャップがありやがった。神様のやろう、そんな説明してなかったくせに」

「キャップ？　なにそれ？」

「レベル制限だよ。たとえばこのゲームはレベルは九十九までしか上げられないとかってやつ。こっちの世界は、一人一人にその制限が決まってた。俺はレベル九十一が限界、これよりは上げようがないんだ。闘技場のBランク上位に行くには、レベル百はいるっていうのに！」

「チートはどうしたの、チートは？」

「だからそのチートの限界に届いちゃったんだって。低めにっ。そりゃまだ攻撃魔法と状態異常の無効化はあるけど、レベル差が広がっちゃったら手も足も出ねえよ。俺、奥義とか必殺魔法とか持ってるわけじゃねぇし！」

ようするに、無限に強くなれると思ってたのに限界があったと。それもまた個性だと。へー、そうだったんだ。つーか、そんなことで拗《す》ねてるのかコイツ。世界一強い男がどうとか言ってたくせに、メンタルは相変わらず陰キャ高校生だよな。

「いいじゃん。人は己を知ることで本物の強さを手に入れるんだよ〜。ぷぷっ」

「何がおかしいの、ハル？　このままじゃ俺は『そこそこ強いお兄ちゃん』で終わっちゃうんだって。強くなきゃおまえを守れないっていうのに！」

「あんた、あたしのピンチに一回でも現れたことあったっけ？」

結構やばいとき今まで何度もあったけど、コイツには会ったことねえな。

ホント、使えなさではとっくに世界一だよ。

「戦ってダメなら筋トレとかしたらいいじゃん？」

「ったく、本当にわかってねぇなハルは。そりゃトレーニングしたら多少はステータスも上がるよ。でもそんなの時間かかるし、けっこう努力が必要なんだよ！」

「いやそれが普通でしょ」

「普通だよ、だから嫌なの！　俺が努力とか特訓とか嫌いなのハルも知ってるだろっ」

知らないけどわかるわ。最低だわ。

「あ〜、ちくしょうっ。魔王倒したかったのになー！　レベルキャップ解放してくれたら倒せるのになー！」

神様に聞かせたいのか、天を仰いで大きな声で千葉は愚痴る。

魔王なんて触る気もなかったくせによく言う。そういうとこホント千葉だよな。ふー。

「まあ、がんばれ栃木」

「千葉だよ！」

「おもしろ半島だっけ？」

「それ千葉県のキャッチコピーだよ！」

「つーか、もう時間だから。そろそろバイバイね」

「え、もう？　てか、慰めてくんないの？」

「あんたにはキヨリがいるじゃん」

「あいつさあ……いや、よくわかんねーけど、最近病院が忙しいとかで会いに来ないんだよね」

捨てられ開始か。

まあ、キヨリのことだから本当に忙しいのかもしれないけど、千葉と距離おいて考えるつもりになったのならいいことだ。あの子は真面目な子だから、千葉とじゃ一緒にダメになっちゃう感じだし。

「ほら、八十五ルバー払うし。二階行こ？」

偉そうに、かちーんと積まれたコインの高さを目で数えて、あたしはニヤリと笑う。

「足りないな～」

「は？」

「ふっふーん。いつまでも前のあたしと思わないでよね。昨日から百ルバーになったの！」

「え、マジで？　ぼったくりじゃん」

「ぼってねーよ！」

クソ失礼なクソオタめ。念願の三桁到達なんだぞ。あたしもとうとう大台の女だ。しかも今月は間違いなく五位で確定してる。あたしは神ファイブの一員になるのだ。三位のシクラソさんの背中もそろそろ見えてきてる。売り上げレースを盛り上げていくぞ！

魔王とか千葉のチートなんかより、目の前の仕事のほうが今のあたしには大事だ。店のことだって考えてるんだから。

最近、ちょっとだけ責任感ってやつがわかってきた気がするの。

「そんなわけで、あたしも店の看板の一人としてどんどん新規を開拓しなきゃ。千葉もぐちぐち言ってないでいろんなお姉様と男を磨きなさい。人生に必要な経験値はバトルだけじゃないぞ。ルペちゃん、この男にそのへんじっくり説教タイムよろしく！」

「え、ちょっとハルっ」

面倒くさい男だけど、こんなヤツのことを気にしてる心優しき嬢もいる。弟に似てるんだって。千葉をルペちゃんに押しつけて、あたしは店内営業に回る。

「聞いてくださいよ、ルぺさ～ん」

「うん、聞くよー」

最近こっちの組み合せのほうが、なんかいい予感するし。

＊

「慰問？」

聞き慣れない言葉に、あたしとルペちゃんは眉をしかめた。

「そう。軍隊さんたちの兵舎で、歌を歌ったりお酒に付き合ったり。前線の当番とかで遊びに出る暇のない人たちが元気が出るようにってことかな。それに来てくれないかって、ビスクさんに言われちゃって」

シクラソさんが、前髪をくりっくりと指先で遊びながら嬉しそうに言う。

「楽器のできる兵士さんも結構いるらしいんだけど、たまには女の子の歌も聴きたいっていうから。でも、上手くいけば今後もお仕事になるかなあって思うんだ。私、他にできることはないけど歌なら自信あるし」

「マダムはいいって言ったの？」

「うん。がんばっておいでって。報酬もね、軍が店と私に払ってくれるの。私の取り分、二晩で二千と四百！」

「すごいね、シクラソさん。歌手みたいっ」

「へへっ、彼氏のツテだけどね！」

「はいはい、彼氏のねー」

「……でね」

前髪をますますくりくりさせて、ちょっと声をひそめてシクラソさんは言う。

「ビスクさんが、百隊長にも紹介したいからって」

「え？ あの怖い人に？」

あたしなら絶対紹介されたくない系男子だけどなー。ビスクさんも、あのときはなんとなくはぐらかしてたのに。

だけど、ルペちゃんは驚いた顔してた。

「それってひょっとして……」

赤くなっていくルペちゃんと、もっと赤くなるシクラソさん。

え、これってそういう意味？

上司に紹介するってそういう意味あるの？

「結婚～ッ？」

「ち、違うのまだ正式に言われたわけじゃなくてっ！ この機会に紹介するからってことで！」

「きゃ～！ おめでとう！」

「やったぁ！　やったね、シクラソさん！」

「ま、待ってってば。まだわかんないの！」

とか言って、幸せそうな顔しやがって。こないだまでベソベソ落ち込んでたくせに。

よかったなー。

「じゃあ、鍋祭りはシクラソさんが帰ってきてから盛大にやりますか！」

「あ、支払いは私に任せてっ。みんなの食べたいもの全部買おう！」

「やったー！」

よーし。シクラソさんが夢を叶えに行く間、あたしもしっかり店を守らなきゃ。

＊

などと気合いが入っているときに、

「ハルさーん……」と、キヨリがどんよりした顔でやってきた。

「めっちゃ気分下がるからやめて。なんなの、その顔？」

「すみません……自分でもどうしていいのかわからなくなったときの顔です……」

「いや、前にもそんなこと言ってたけど、そこまで運気の下がる顔してないし」

会うたびに薄幸さを増していくな。ていうかシスターじゃなかったっけ、この人？　元がきれいなだけに、逆に呪われそう……。

店の前のベンチに座らせ、温かいもの飲ませてやる。少し落ち着いたのか、キョリも普段の凛々しさを取り戻していく。

「なんだか、本当に、私って無力だなって思って……」

千葉がふさぎ込んでいるそうだ。自分も忙しくてなかなか顔を出せないし、家の中も荒れていくし。だけど千葉は何に落ち込んでいるのか話してもくれない。しっかりしようと励ましても、「おまえに俺の気持ちはわからない」と返されるのだそうだ。

「不甲斐なさを感じています……」

キョリは、ずしんと肩を落としてため息をつく。

まったく真面目だねえ。

カノジョに言ってもくれない悩みなんて、聞いてやる必要もないのに。男は理由もなく甘やかしたらダメなのよ。

「あのさあ。これ言っていいのかわからないけど、正直なところ千葉ってイライラしない？　あんなヤツを真剣に見守るのキツくない？　闘技場のあの男は格好よく見えたのかもしれないけど。じっさい付き合ってみてどうだった？」

「………」

「話を聞いてても、キョリちゃんが頑張ってるのわかるよ。でも、千葉は森の向こうへも連れてってくれないんでしょ？　それなのに『あーしろこーしろ』うるさいんでしょ。キヨリちゃん、そういうときは落ち込むよりも怒ったほうがいいよ。何も言い返さないから、アイツも格好つけて威張っちゃうんだよ」

叩けばすぐへこむヤツなのに。こういうおとなしく盲従しちゃうタイプの女とくっついたら、それこそDV男とかストーカーになりそうで怖いよ。

なのにキヨリは、ますます落ち込む。

「……つまり私が悪いんですね」

「だから、そーゆー話じゃないってー。我慢することないって話なの」

面倒だなあ、ホント。

「千葉が落ち込んでるのは、アイツの中のどうでもいいサクセスストーリーがウソだったことを理解したってだけだから。他の人がわからなくて当然なの。うちのお店の聞き上手なルペちゃんですら、アイツ意味わかんねって言ってたし。だけど、千葉が言ってるのはじつは全然難しいことじゃなくて、ようするに努力嫌いが駄々こねてるだけの話なんだ」

チートだのスキルだの、こっちの世界の人に説明しても何のことやらだし。スマホかゲームしたことないと無理だし、あたしもギリギリよくわかってない。そういう意味じゃ、確かに千葉も相談相手があたししかいないっていうのは、かわいそうではあるけど。

だからと言って、カノジョに八つ当たりなんていう極悪非道が許されるわけがないのだ。

「一回、別れてみれば？　そうすりゃ千葉も反省するかもだし。キョリちゃんだって、前線の向こうに行くっていう目標があるんだよね？　他の冒険者の中にも多分優しくていい男はいっぱいいるよ。うん、そのほうがこのまま千葉みたいにウジウジしたヤツとガチで付き合い続けるよりも楽だしコスパいいかもね。キョリちゃん、かわいいんだからそうしたほうがいいって。夢も男も合わせてゲットだぜ」

強そうなヤツはだいたいおっさんだけど。

でも、渋くてカッコイイおじさんならいなくもないわけだし～。

「――私には、そんな考え方はできないです」

キョリはぽつりと呟いた。いつの間にか顔を上げ、何とも言えないような目であたしを見ていた。

「やっぱりハルさんと千葉さんは、私たちと違うような気がします。考え方も話す内容も、二人にしか通じないものがあるんです。その、がち、とか、こすぱ、みたいな聞き慣れない言葉と同じで。私たちの知らない世界を共有している気がします」

あー、本当に面倒くさい。こっちの世界、和製英語もだいたい通じる便利な言語なくせに、物の名前とかスラングでたまにつまずく。微妙にズレる。

だいたいの人は聞き流してくれるのに、勘の鋭いやつはそこをガシガシつっこんでくるんだ。

「ハルさん。あなたたちもしかして――」

「あー、そろそろ開店時間！　とにかく千葉にはあたしからも説教しとくからっ。それよりもキヨリ！」

「は、はいっ」

「あんたも、自分の気持ちをしゃべるときはもう少し声を張れっ。男子は基本、耳が遠いぞ。あとついでに男尊＆女卑のヤツらにも負けんな。世界は男と女が動かしてんだ！」

「な、なにを言っているのか全然わかりません……」

「以上、解散！」

強引にキヨリを追い返して、仕事に戻る。あたしは忙しいの。シクラソさんの穴を彼氏みたいに埋めるの。今日はバリバリ働かなきゃなのに。

「でねー、ルぺさん。ハルもキヨリも鬱展開に入ったときの主人公の気持ちとか全然わかってない。裸になろうともしないで説教を始めやがるの。あいつらヒロインの仕事をわかってないんですよ」

「そうなんだー。よくわからないけど、男と女とじゃ行き違いってあるからねー」

なのにつべこべとルぺちゃんに絡んで勝手なこと言ってる千葉に、我慢できなくなって水をぶっかけた。

「冷てえっ。俺の頭は鯉じゃねぇし、カープでもねぇし！」

「うるせえ！　そんなのいらないからこっち来い！　百ルバー払ってあたしについて来い！」

「ったく、すっかりメスの顔で発情しちまって……悪いね、ルペさん。また」

「う、うん。でも一応教えておくけど、たぶんハルちゃんは怒ってると思うよ？　そこすごい大事なとこだから、行き違ったら致命傷だよ？」

先にずんずん進むあたしと、後ろで勘違いしたこと言ってる千葉。部屋に入っていきなり、あたしは千葉を背負い投げで放り投げた。

「これでも小学生のときは柔道クラブだったんだよ！」

「今頃そんな設定、後出しするなっつ〜の〜！」

千葉の体はきれいな弧を描いてベッドの上に落ちる。あたしはその上に跨って首を絞める。

「千葉のくせに周りに迷惑かけてんじゃねーよ！」

何が鬱展開だ、アニメオタク。

楽して強くなったくせに、それがちょっとつまずいたらもう終わりだって？　娼婦なめんな。こっちは毎日が鬱展開だよ。底辺なめてんじゃねぇよ。

必死で生きてみろよ、バカヤロウ。

「やめて、ハル」

しかし千葉は、あっさりあたしの手を首から剥がすと、そのままひっくり返して覆い被さってくる。

「俺のほうが強いんだから。ハルを傷つけたくないし」

ハルだからわざと投げられてやってんだよ。と、千葉は気持ち悪い声でささやく。

「後ろから水ぶっかけられてやってんのも、わざとだよ。ハルじゃなかったら腕を切り落としてるから」

イノディエーター（だっけ？）の暮らしなんてどんなものか知らないけど、千葉は、他の冒険者と同じ〝魔物を狩って生活しているヤツ〟の血なまぐさい匂いをさせていた。

「俺の力は、おまえを守るためにあるんだからさ」

「……だから、あんたに守ってもらったことなんて一度もないって」

「俺がモンスターからこの街を守ってるのは、ハルがここにいるからだぜ」

「それもただの経験値稼ぎじゃん」

「運命を切り拓いてるのさ。強くなることが主人公の使命だからね」

俺とハルは、同じ世界を渡ってきた運命共同体。などと調子のいいこと言って、その唇をあたしの首に近づけてくる。

あたしの腕を、ベッドに押さえつけて。

自分の獲物みたいに乱暴に。

「調子に乗ってるとぶっ殺すぞ、キモオタ」

でも、あたしだってそんな男たちに毎晩抱かれている。びびるわけがない。あんたなんかに守られなくても生きていける。生きてきた。あたしだってこの世界を身一つで生き抜いてきた。

男なんてキンタマさえ蹴ればいつでもコロせるんだ。あの子たちと約束したから蹴らないだけだぞ。びびるのは、陰キャのおまえだ。

「……乗ってねーし」

だけど千葉は、いつものびびりを見せずに、ため息をついて体を起こした。

「調子になんて乗ってねーよっ。乗ってたのはおまえらだろ、ハル！　ここはもう学校でもないし教室でもないんだっ。二度と俺をキモオタなんて言うんじゃねー！」

あたしを組み敷いて、見下ろして、千葉は見たことのない真顔で叫んだ。

「俺や、俺の友だちのこと前からそうやって呼んでたの知ってんだよっ。俺らのことをネタにしてたのも知ってたっ。自分たちと違う生き物みたいに俺らのこと見てたよね。でもあそこ、おまえらだけの教室じゃねーし！　俺らのもんでもあんのに！　ハルは、いっつも真ん中でヒロインポジで仲間に囲まれてくっだらねーことでゲラゲラでかい声で笑ってっ、モテてっ、楽しそうにしてたよな！」

千葉が、前の世界の話をするのは初めてだった。教室ではコイツとしゃべったことないの、あらためて思い出した。

「俺ら、全然調子に乗ってませんでしたけど！　そんなスペース残されてませんでしたけど！　いや別にそんなこともういいんだけどっ。こっちの世界じゃ俺のほうが圧倒的に主人公だし、周りはかわいい子ばっかりだし、ハルなんてもうサブヒロインだしっ」

ただ、これだけは知っておけ。そう言って千葉は、涙目であたしを指さす。

「俺が、どうして死んでまでおまえを守ったと思うっ。おまえは、もっと俺に感謝しないとおかしいだろっ。俺……俺は、あのつまらねー毎日が、おまえをヒロインにした学園ラブコメだったらいいのになって、ずっと……なのによー！　なんで、俺がつらいときにおまえがカリカリしてんだよっ。意味わかんねーよ！　ちゃんと慰めろ！　俺がいないと、おまえ、どうやってこの世界で生きてくんだよっ。俺がいないと、おまえがダメなんだろぉぉ！」

両手で顔を覆って、ぐしぐし泣きながら千葉は叫ぶ。まさに暴走半島。

この男の本音を、あたしは初めて聞いた。でもそれは、やっぱりあたしの想像以上にアレだった。

「どけよ、千葉」

もう終わりだな。これは無理だ。

なんだか付き合い長いようで短いような、変な——トモダチだったたな。

「前からあんたのことキモかったけど、今のあんた最高キモい」

千葉は「へっ」と肩を震わせて笑った。

そして、ズボンを下げた。

「あっそう。そうだよね。今もおまえは、教室カーストでトップだった小山ハルさんのつもりなんだ。でも違うから。ただの売女《ばいた》だから。そんで、俺はお客さまだからっ」

ピンピンした白っぽいチンコ。それをあたしに突きつけて、「しゃぶれ」っていう。

「はーい」

あたしもあたしの仕事をする。

そこはビジネスだから、ちゃんとする。

先っちょに舌を当ててやると、敏感な千葉は腰を震わせる。

四つんばいになってチンポ舐めてるあたしを見て、泣きながら笑った。

「へっ……ハルが、俺のチンポしゃぶってる……」

あぁ、しゃぶってるよ。

陰キャのあんたのチンポを、教室なんとかのトップだったらしいあたしがしゃぶってる。

好きなだけコーフンしなよ。

「ん、あぁ……」

千葉はシャツを自分でたくし上げ、腰をクネクネさせる。

あたしはそのチンポを咥えて、じゅぽじゅぽ音をたててしゃぶる。舌もチロチロ絡めて千葉にご奉仕する。

「ハル……」

調子に乗ってあたしの髪に触ろうとする手を払いのけた。

千葉はそのまま腰を突き出してきて、あたしの喉をチンポで突いてウゼーけど、好きにやらせてやった。

出す寸前に千葉は口から引き抜く。

あたしの顔に、精液を擦り付けるように出してビクンビクン震わせる。

べっとり付いたそれが前髪や頬を伝って垂れていく。千葉はそんなあたしの顔を見て「へっ」とまた笑い、さっさとチンポをしまって帰り支度を始める。

「……千葉」

あたしはタオルで顔を拭いながら、背中を向けたまま言う。

「二度と来るなよ」

フンと鼻を鳴らして、千葉も言った。

「誰が来るかよ」

＊

まあ、あんなヤツはどうでもいいとして仕事をがんばらないと！

「でねー、シクラソさんが忙しくなったから、まだ鍋祭りできずにいるんだよね。やるときはスモーブのお店で出してる肉を買いたいんだけど、そういうのって頼んでもいいの？」

「あ、はい。大丈夫っす。他の食材もうちで仕入れたほうが安いと思うんで、任せてほしいっす」

「ほんと？　うっれしー」

相撲部はいいヤツだ。どこかのおもしろ半島とは大違いだ。

キュッと手を握ったらすぐ赤くなる。あいかわらず女に弱いなあ。

「そうだ。たまには、他のお姉さんで修行してみる？」

「い、いえっ。自分はそういうの、いいんでっ」

「あんたのこと、かわいいって言ってるお姉さんも結構いるんだぞー」

「そ、そんなことは、ないので、はい」

あるのだ。例のギルド長のとこのぼんぼんの事件以来、わりとマジで相撲部はうちの店のアイドルなんだ。あの必死な姿は、結構な数のギャルのハートを掴んでしまったのだ。

あたしも最近、なんか相撲部をかわいいって思えるようになった。

イケメンで陽キャじゃなきゃ男じゃないと思ってた時代もあったけど、世の中にはいろんなタイプの男がいて、いろんなタイプの付き合い方もあるよなって近頃は思うんだ。

今のあたしのタイプは、渋くてかっこいいおじさまだけど。

「じゃあ、あたしと二階へ行く？」

「……はい」

相撲部のことも好きだ。彼はもっといい男になれると思う。

最近は、バックでも上手に入れられるようになったし。

やればできる子なのよ。

売り上げを順調に伸ばし、順位表に昨晩の稼ぎを記録するのが楽しくなっていく。

自分の価値が高くなってくような気分と同時に、プレッシャーもひしひし。恥ずかしい仕事はしてられないぞ。

お店の準備も、ステージの賑やかしも手を抜かない。

真面目にやれば、ちゃんとそこを見てあたしを買ってくれる人もいるわけよ。愛嬌もたっぷり振りまき、地味な仕事も懸命にやって、ようやくお客さんもあたしに惚れてくれる。人として好きになってもらって、初めて固定客になってくれるんだ。

前のあたしって仕事が雑だったな。文句も多かったと思う。よくないと思ったことは言わなきゃだけど、お客さんの前ではできるだけ笑顔でいないとね。

夢を売ってるなんて大げさなこと言えない商売だけど、喜んでもらうのが大事だもん。

そんで一番喜んでもらった人がここの一位なのだ。

よし、テンション上がった。娼婦のハルちゃん、出動準備完了。

今日も張り切って働くぞ！

「――ハルちゃん」

マダムが、柱のかげからちょいちょいと手招きしている。

「なんすか？」

マダムが人目をはばかって話なんて珍しいな。のこのこ近づいていくあたしの腕を掴んで、さらに声を潜めて深刻そうに言う。

「シクラソちゃんが、軍のお仕事に行ったまま帰ってこないの。昨日のうちに戻ってきてるはずだったのに……何か聞いてない？」

この仕事をやってると、昼と夜みたいに良いことと悪いことも交互にやってくる。

そしてジワジワと、なぜか悪いことばかりが膨らんでいくんだ。

そこがまだ明るく健全な軍隊だったころ、あたしもたまに兵士さんに店外デートに誘われてたし、兵舎の外まで迎えに来たこともあったので場所は知っていた。

シクラソさんが心配だから様子を見に行くと言ったらルぺちゃんもついてきてくれて、二人で行ってみることにしたんだ。

「あ、あのー」

だけど、前に来たときと違って、門の前には兵士さんが立っていて物々しい。

軍隊とはいえ、ここから北のほうにある前線ってとこでモンスターと戦うために来た兵隊さんたちなので、市民には普通に愛想いい感じだったんだけど、やっぱりあの百隊長が来てからはずっとこんな調子。

しかも顔もいかつい人で、なんだか怖い。

緊張して、あたしとルぺちゃんはくっついてしまう。

「ん、なんだおまえら?」

「『夜想の青猫亭』なんですけど、こちらにうちのシクラソが……」

「誰だって？」

「い、慰問で、う、歌を歌ってる子がお世話になってるはずで！」

「あぁ」

兵士さんは、ようやく合点したのかニヤニヤと笑った。でもシクラソさんのことは教えてくれなくて、その代わりあたしとルぺちゃんのかわいい顔から瑞々《みずみず》しい太ももや足首、おっぱいなんかを遠慮ない目で見てくる。

「追加が来たのか。気が利いてるな」

「……え？」

「おい、どうした」

「あ、十隊長」

困ってたところに兵舎から知ってる人が出てきた。ビスクさんだった。

あたしとルぺちゃんはホッとして挨拶する。

「あ、あの、シクラソさんはいます？　そろそろ約束の期限は過ぎたかなって、マダムに言われまして……」

ビスクさんは、相変わらず貼りつけたような笑顔であたしたちを見たあと、「伝令を出さなかったのか？」と門に立っている兵士さんを睨んだ。

「はっ、申し訳ありません！」

兵士さんは、最初きょとんとしてたけど、ビスクさんにさらに睨まれて敬礼して謝る。

「すまなかったね。では、マダムに伝えてくれないか？　我々の百隊はもうじき前線に出ることになる。シクラソには、それまでの間、慰問として兵をねぎらってもらうことをお願いしたんだ。彼女も了解してくれたし、店にも伝令を出したつもりでいた。申し訳ないね」

「あ……そ、そうなんですか。い、いえ、そういうことならあたしたちは……いいのかな？」

「う、うん。シクラソさんは元気ですか？」

「あぁ。毎日、我々のためにいい声を聴かせてくれているよ」

シクラソさんに会いたいな。でも、あたしもルペちゃんもそれは何だか言い出しにくくて、困ってしまう。

「今夜、僕が店に行ってマダムに説明するよ。話はそのとき、ゆっくりとね」

「あ、はい」

途中まで馬車で送らせるとビスクさんは言ってくれたけど、あたしたちは遠慮して歩いて帰ることにした。

なんだか兵舎の雰囲気が怖いし。ルペちゃんの表情も固いし。

「……シクラソさん、ちゃんと食べてるかな？」

「あの人、ほっとくと菜っ葉と水だけで生きてるからねー。でも大丈夫。兵隊さんたちと一緒ならモリモリ食べるってー」

「なんだか……あの人たちと一緒に生活しているシクラソさんって、想像できないけど」

シクラソさんって、歌ってるときは最高にかっこいいんだけど、じつは私生活がダメダメな人で、服とかも一緒に洗ってやんないと山積みしちゃうくらいのズボラ女子だ。つまりアーティストなのだ。

軍隊なんかでモリモリご飯食べてる彼女は、正直あたしにも想像できないけど。

「ビスクさんも今夜来るっていうし、様子を聞いてみようよ」

「うん」

＊

こんなときに限って、天気もいい。

混雑してきた店内を忙しく動き回りながら、こっそりとため息をつく。銀髪おじさん、どうしてるかな。またあたしを抱きに来てくんないかな。そろそろ温まりたい気分なんだよなー。

「ハルちゃん」

約束どおり店に来たビスクさんが、カウンターでグラス拭いてるあたしに近づいてくる。

「マダムには許可をもらったよ。これまでの代金も支払った」

「あ、そうなんですね。おつかれさまです〜」

「少し話せる？」

「え、はい、それは一応」

お金を積まれて、あたしは彼の前に座る。ルペちゃんも呼びたいなって思ったけどあたしの分しかお金をもらってないし。

まあ、あとで報告すればいいか。

「シクラソさん、がんばってますか？　あれからルペちゃんと話してて気づいたんだけど、着替えとか間に合ってるのかなーって。二日分の服しか持ってってないと思うし」

あの人、自分で洗うっていう発想もまずないだろうし。今ごろ軍服着てるかもしれないねってルペちゃんと話してて、それでようやく彼女も笑ってくれたんだ。

「あぁ」

ビスクさんは、聞いてるのか聞いてないのかわかんない顔で笑う。

この人の、一見して人がよさそうに見える笑顔、なんだかちょっと不気味だな。心がちっとも感じられない。

「そうだね。今度持ってきてくれると助かるよ」

あたしはちょっと変に思って、余計な口出しだったら機嫌悪くされちゃうかなと迷ったけど、思いきって聞いてみる。

「あの、一度こっちに帰ってくる時間とかないんですか？」

着替えとか、こっちから持っていく必要ある？ なんだか最初に聞いてた感じと違うなあ。慰問ってそこまでブラックな仕事なの？ うちのマダムですら有給の概念あるよ？

ビスクさんは、「そんなには長くならないよ」とさらに笑みを広げた。

「ハルちゃん、シクラソのことが心配なんだ？」

「え、いえ、ビスクさんもそばにいるし、全然心配とかはしてないんですけどっ。ただ彼女、食が細いときと太いときがあって面倒くさいし、脱いだ服も散らかしっぱなしだし、歌うたいのくせに喉とか大事にしないっていうか、うがいだって言わないとしないしで、もう本当に手のかかる人だからー」

あれ？ あたし、シクラソさんのお母さんかな？

「そんなに心配なら」

ビスクさんがあたしの手を握る。

その冷たさに背中がざわっと寒くなった。

「君も兵舎に来て手伝ってくれないか？　そうしたらシクラソも助かると思うし」

「でもあたし歌とか全然……太鼓とかなら、叩けるドンですけど」

「ははっ、いいね。ぜひ来て叩いてよ」

お金ももちろん払うし。と、ビスクさんは顔を近づけてくる。

そして、テーブルに百ルバーを置いた。

「……あの、それはシクラソさんが……」

「シクラソが何？」

「そりゃあたしもこんな商売ですけど、さすがに友だちの彼氏とはちょっと。すみません。へへっ」

適当に笑ってごまかし、手を引こうとした。

だけどビスクさんは手を離してくれない。ますます顔を近づけてくる。

「シクラソだって他の男と寝てるよ」

そうですよね。そういう商売だよ。でも知ってて付き合ってんだから、少しは男気っていうか広い心でもって彼女のこと――

「……寝てるんですか？」

思わず怖い想像が口をついて出ていた。ぞっとした。

「シクラソさん……兵士さんたちと寝てるんですかっ？」

ビスクさんの所属するバフネス隊があの兵舎にはいる。あの冷たくて乱暴な兵隊たちが百人。

まさかだよね。

と、思って見つめるビスクさんの顔にはいつもの笑みが貼りついている。

感情をどこかに置き忘れたような瞳が、あたしを見つめ返す。

「もうすぐ僕たちの隊は前線に行く。百隊長はそれまで街へ出ることを禁じた。感覚を研ぎ澄ますためにね。僕は今夜だけ、交渉のためにこの娼館に来ることを許可されたけど。シクラソの件で」

ビスクさんはあたしの手を離して頬杖に変えた。

それでも距離は変わらない。むしろ声はどんどん小さくなっていく。

「僕だって彼女に無理をさせてると思ってる。でも、バフネス百隊長はそれが僕のためだし、兵の士気を高めるためだとおっしゃってね。軍の中で上司に逆らうなんてありえないし」

「し……死んじゃいますよ！」

「まさか。僕たちは市民を守るための兵だ。そんな乱暴なんてしないし、きちんとした生活はさせているよ。ただ、わかるだろ？　僕らはもうすぐ命がけの前線に行く。中には恐怖で心を乱すやつもいる。捌《は》け口《ぐち》が必要なんだよ」

「店に来ればいいじゃないですか。そのためのあたしたちです！」

「獣は檻《おり》から解き放たれた瞬間が一番強い。それがバフネス百隊長の持論でね」

僕らがモンスターを森から出さないように前線を築いているのも同じことなんだよと、ビスクさんは言う。

「僕らは檻の中にいる。でも、少しぐらいの癒やしは必要だ。シクラソはがんばって僕らのために働いてくれている」

「……マダムはこのこと知ってるんですか？」

「さあ。今日も歌のためだと説明したよ。でも、あの人だってもうわかってるに決まってる。何回もシクラソの様子を聞かれたよ。ただ、娼館が軍の命令に逆らえるわけないからね」

どうしてそんなことを自分の恋人にやらせることができるのか、あたしには本気でわからない。他人事みたいに説明するこの男が怖くなる。

こっちの人たちは当たり前のように女を道具扱いするし、女だというだけで我慢もしなきゃならないことが山ほどある。

あたしとこの異世界は、全然気が合わない。ムカつくことばっかりだ。

「……あたしが交代するから、シクラソさんを帰してもらえませんか？」

自分からビスクさんの手を握った。

人の心が少しでも通《かよ》ってますようにと祈って、あたしの体温を伝える。

ビスクさんはあたしの手を見下ろす。彼にしては長い沈黙のあと。

「そうだね……ハルちゃんがそういうなら」

前線出発まで三日だと、ビスクさんは指を立てた。

「それまでの間、君が僕たちの相手をしてくれるというなら、シクラソを帰すようにするよ。約束する。だけど、その前に」

あらためて百ルバーを積んで、あたしに手を重ねる。

「紹介するからには、君のこともよく知っておかないと」

＊

兵舎の前でシクラソさんに会えた。

出かけて行ったときと同じ服で、髪も乱れて、顔には殴られた痕まであった。

「……ハルちゃん……？」

よろよろ駆け寄ってあたしにしがみつく彼女を、力いっぱい抱きしめて撫でてあげる。

「もう大丈夫だよ」

大丈夫。何度も言って撫でてあげた。

がんばったねって抱きしめて、もう帰っていいんだよって慰めた。シクラソさんが落ち着くまでずっとそうしていた。

彼女の代わりに兵舎に連れられていくあたしに、シクラソさんは唖然としたあと、大声をあげる。

「ダメッ。ハルちゃん、ダメ！」

振り向かない。心を殺してあたしは前を向く。

「待って！　私、まだやれるっ。ハルちゃんは帰ってっ。お願い、ビスクさんっ。ハルちゃんは帰してください！　私が残ります！」

シクラソさん。

あたし、あなたの歌が大好き。

ちゃんと聴いてくれる人たちの前で歌ってよ。

＊

兵舎の奥に懲罰のための部屋があって、そこがあたしの部屋だと言われた。

「こんなところで悪いね」

ビスクさんは、さして悪びれる風でもなく肩をすくめる。

「シクラソの使っていた部屋は、今は使える状態じゃないから」

最低だ。彼女がされてきたことを想像したら頭にきた。

それから自分がこれからされること想像して、寒気がした。

でも大丈夫。あたしなら平気。

シクラソさんの代わりに契約を守って、店も守る。

やってみせるんだから。

＊

怖いと思うから怖い。つらいと思うからつらい。気持ち悪いと思うから気持ち悪いんだ。

一つ一つ感情を消していく。そうすると自分の体がただの道具のように思える。

ビスクさんが教えてくれたことだ。


「あの女の代わりだって、自分から志願したんだってよ」

「マジ泣ける。女にも友情なんてあるんだ？」

あたしの上で兵士たちが腰を振る。

あたしの身の上を兵士たちが笑う。

「そんなのあるわけねーじゃん。金だよ、金」

「オレンジ女、逆にキレてたんだって？　俺たちを横取りするなって」

「おいしい仕事を独り占めされなくてよかったな、おい」

何人目の男か、数えるのバカバカしくなってやめた。こいつら、昼間っから何人もおしかけてきて、やってく。真面目に仕事してんのかって感じ。

「へえ、上玉じゃねぇか」

「あ、スバヤ十隊長」

昼過ぎにやってきたあごひげのおっさんが、あたしの体を見下ろして舌なめずりした。

「まだ十代か？　女は若けりゃ若いほうがいいよな」

足を持ち上げられて、広げられる。すみずみまで覗いておっさんはニタニタ笑う。

「いい足だ。速く走りそうだ」

足の裏からふくらはぎをベロベロと舐められる。

気持ちワルって思ったけど、心を消して好きにさせる。

「若い女はいい。体の反応が早い」

あたしの中で腰を振るおっさんも異常に速くて、痛くなる。

だけど大丈夫。お尻を叩かれたって平気。

ずっと娼婦として暮らしてきた。こんなお客さんばかりだった。

まだ、あたしの仕事は始まったばかりだ。

二日目になっても朝から兵士はやってくる。

夜勤だか何だかで夜中にもいきなり入ってくるもんだから、あたしはほとんど眠ってない。してる最中に寝落ちして叩かれた。

つーか、眠くもなるっつーの。射精したいだけの退屈なセックスが二十四時間も続いてたら、こっちもだるいんだって。

食事は兵士と同じものが出てきた。トイレもシャワーも入ることはできた。

だけど、それ以外の時間はずっとやられっぱなしだ。サディストが時々やってきて叩かれたりもする。

こんなのずっと続いてたら、娼婦歴の長いシクラソさんだっておかしくなってただろう。

三交代制くらいにしたらいいんじゃねーのと思ったけど、よくよく考えてみたら、こっちの世界も一応はフーゾクにルールもあって、デリ系のサービスは全面禁止されている。

それだから店外デートってサービスも「嬢の送迎」って名目でやってるし、お客さんの部屋に行ってやっちゃってる子も自由恋愛っていう建前なんだ。

つまりこれ、軍が違法行為してる状態。慰問だなんて騙して連れてきたのもそのせいに違いない。

そうなると別の不安も湧いてくる。

あたし、ちゃんとおうち帰れる？

「――もちろん約束の期限が来たら娼館に帰すよ」

ビスクさんが、あたしを抱きながら笑う。この人のチンポは長くて硬い。

「ハルちゃんはかわいいから、僕としてはずっといてほしいけど」

あたしの肌を丁寧に触る。一見、優しそうに見える笑顔と慣れた愛撫。

ヤリ部屋の女を、まるで恋人みたいにこの人は抱く。

「ひとめ見たときから気に入ってたんだ。今度、二人で遊びにいかない？」

コイツ、マジで頭おかしい。話にもなんない。

ここにあたしの味方はいないんだと思った。


「……あぁ、こいつか」

男の体液だらけになって転がるあたしを、バフネス百隊長はひげを撫でながら見下ろす。

「なかなか見上げた根性だ。女だてらに立派なものだ」

上着を脱いで部下に持たせ、ベルトも外す。

前にルペちゃんをイジメてた、黒光りした鬼みたいなチンポ。

それを見せつけながら、「四つんばいになれ」とあたしに命令する。

「俺もおまえらと同じ女を抱く。俺たちは家族だ」

「百隊長！」

バフネス百隊長のありがたいお言葉に、兵士たちは感動して敬礼してた。

バカじゃねぇの。

「女」

あたしの尻を摑んで、百隊長は思いきり広げる。

「力を抜け。抵抗すると切れるぞ」

変なとこ広げられてる。てか、肛門を広げられてる。

「ちょっと、待って…ッ！」

そんなとこするって聞いてねーし。

いや、聞かれても困るけど。

「あ、あぁぁぁっ！」

体を割られてる感じ。内臓を押し上げられていく。

何が家族だバカ。一人だけビジネスクラスに乗る感じでアナルやってんじゃねー。

「ふっ、ふっ」

ゴリゴリと腸の中を擦られて、息が苦しい。変な汗も出てきちゃう。

お尻をベルトで叩かれ、馬を調教するみたいに犯される。

「い、いたっ、痛いぃ！」

「ふっ、貴様も女だろ。もっと色っぽい悲鳴をあげたらどうだ？」

「痛ぁぁい！」

百隊長はますます調子に乗ってあたしを犯して叩く。

それを囲んで見守る隊員たち。

バカみたい。コイツら本当にバカみたい。


心を殺して時間をやり過ごす。

人形になったつもりで、百人の兵士たちに好きにやらせる。

そうしてると逆にこれも退屈な時間で、あたしの人生ってなんだったのかなって、らしくもないこと考える。


「コイツ、本当に締まりいいよな」

「もうとっくに全員とやってるだろ。若い女って丈夫だな」

あたしは、中学のときに援交してた時期があった。

二番目の彼氏と別れたばっかりで、そしたら最初の彼氏が面倒くさいヤツになって再登場してきたりとか、いろいろごちゃごちゃしていたときに、姉が妊娠してくれちゃったんだ。

うちの姉、きれいなんだけど頭がちょっとゆるい感じの人だから、ヤリサーみたいなことやってる大学生たちに孕《はら》まされちゃったみたいで、こりゃ親には言えないし困ったなってところに姉の友だちが「立て替えられるよ」って言ってくれて。

バックに頼もしい知り合いもいて、姉もすごくその人のこと信用していて、あたしもすっごいい人だなって簡単に信じちゃった。

そのときは本当にパニクってたし、姉はふわふわしてるだけだし、あたし一人じゃどうにもできなかったし。

救世主に見えちゃったんだ。

「口開けてー。こぼさず飲めよ」

「おまえ、それやめろよ。キスしようとしたら変な匂いするんだって」

「いや、こんなのとキスしたがるほうが変だろ」

お金も貸してもらえて、元彼も撃退してくれて、あとはどうやって借りたお金返そうかって思ってたら、その人が「一緒に仕事しようよ」って誘ってきたのが援交だ。

断れるような雰囲気じゃないし、あたしもその人のこと信じてたし好きだったから、した。

相場とかよく知らなかったあたしは言われるままLINEで紹介されてくる男たちと会って、寝たりデートしたりして一回何千円かの報酬をもらってた。

結構チョロい仕事じゃんって調子に乗って、週二の話を週三にこっちから増やしてもらったりとかして、稼いで借金も返してるつもりになっていた。

で、結局どんだけ中抜きされてたのか後から知って文句つけたんだけど、やばいことやってる証拠はあたしのほうにしか残ってなくて、逆に脅迫されちゃって。

怖くなって親に相談して、めっちゃくちゃ怒られた。うちの親戚には警察とか法律に強い人とかもいたから何とかなったみたいだけど、仕返しに変な噂流されちゃって、高校は学区外の遠い私立に行かされることになった。

友だちもいない場所でリスタートだ。右も左も知らない顔で、人間関係も一から作っていかなきゃなんない感じで。

あたし、そのときもここは異世界だなって思った。

「はっ、はっ、この女、いいぜ。肌ぴんぴんしてる」

「ていうか、おかしくないか？　百隊長にあんだけ叩かれた尻も、つるっつるだぜ？」

「田舎のヤリマンだから、頑丈にできてんだろ。俺たちもやろうぜ。おらっ」

中学のときの噂をそこでも少し引きずってたけど、そんなの知らないって顔して、あたしはとにかく明るくかわいく振る舞った。

実際かわいかったから、二コ上の人とかとすぐに付き合うことになった。女友だちにも彼氏の友だちとか紹介して人脈広げて、どんどん友だち増やしていった。

ポジティブ、アテンティブ、ポリティカル・コレクトネス。

人に好かれることばっかり考えてたし、盛りあげ役は率先して引き受けた。みんなが笑ってることに一緒になって笑ったし、バカにしてるやつはバカにした。それでいて、言葉やLINEには気をつけて余計な敵を作らないようにした。

高校世界を絶対楽しむって決めてたし、そのためには人間関係も失敗したくないし、ちょっとばかりささやかれてる噂なんて誰も信じないように、明るいあたしってイメージを大事にしてたんだ。

後ろ向いたら、過去が怖いから。昔のあたしがしてたこと、今の友だちに笑われたくなかったから。

こんなあたしのこと、教室ペーストだか何だかが何とかって千葉は言ってたっけ。

アイツって、ほんとバカだよな。

「おらっ、もっと腰振れやっ！　友だちのためなんだろ?」


人間の価値なんて、自分じゃどうしようもないところで決まる。

そこでどうやって生きていくかは、価値に関係なく自分で決めるしかない。

だから千葉。

もしもあんたがここに来て、あたしを守るために強くなったんだってもう一度言ってくれたら、二度とあんたのことバカにしないぞ。

なんて、そんなはずがないけど。

＊

三日目には帰れるはずだったのに、やっぱりウソだった。

ただ、それは軍のせいというよりも天候のせいで、朝から降り続いている激しい雨はここから北に何キロか先にあるという前線のモンスターを荒ぶらせていて、前線交代の指示が遅くなっているという。

ということは、銀髪のおじさんは今夜あたり店に来てくれてるかもしれない。

そう考えるとあの娼館がなつかしくなった。

一日じゅうこき使われて忙しかったけど、働くのは好きだったし、やること多くて目が回ったけど、やれること増えていくのは楽しかった。

異世界は最悪だって毎日思って、嫌なことがあるたびに元の世界のこと思い出してたけど、今、思い出して楽しくなるのは、酒場のあの賑やかな空気だ。

あたし、まさかだけど、娼婦の仕事にハマってたりとか？

少なくとも、お酒の相手をしながら自慢話や武勇伝を盛りあげて、笑わせられたら気前のいい人はチップをくれて、気持ちのいいエッチができたらまた次も指名してくれるあの店の仕事に、やりがいは感じてる。

そりゃ親が知ったら今度はまたどんな異世界にぶっ飛ばされるかわかったもんじゃないけど、こんなとこでつまんない兵士の相手を延々としているよりも、娼婦として勝負するあの雰囲気が好きだ。

ルペちゃんのほわほわした笑顔も、シクラソさんのかっこよさとだらしなさと歌の上手さも、マダムのきりっとした感じも、スモーブの癒やしも、銀髪おじさんの激渋も、にわかカープファンもいて。

あたし、こっちの世界にも、ちゃんと帰る場所ができたんだな。

ハマってるかどうかわからないけど、少なくとも待っててくれる人はあそこにいる。

こんなとこですり減ってる場合じゃないよな。

「よっしゃあ！」

「うわ、なんだよ？」

久しぶりにまともに声出したらちょっと喉痛かったけど、元気出た。

あたしの上でへこへこ下手くそな腰振ってる兵士を押し倒して、逆に上に乗ってやる。

「お客さん、ひょっとして女には不慣れ？　腰使いに自信なし？　よろしかったら、あたしがレクチャーしてさしあげましょっか？」

「え、いや、なに言って……」

「はい、手拍子お願いしま～す。あなたの好きなリズムで、あたし踊りま～す」

「ちょっ、いや、なんでそんなに元気な――」

そのとき、あたしのヤリ部屋がガラリと開かれ、ビスク十隊長が「そこまでだ」と宣言した。

「前線交代指示が出た。魔物たちは一時撤退中。今のうちに前線を交代して夜に備える。急いで準備をしろ」

「はっ！」

跨ってるあたしを突き倒すようにして、若い兵士さんは立ち上がって敬礼する。

バタバタと服を持って出ていく彼を見送ってから、ビスクさんはフッと笑った。

「残念。もう君を帰してあげないと」

ぼろぼろになったワンピを引き寄せて、あたしは「おつかれさまでした」と笑ってみせた。

やりきった。あたしは娼婦の仕事を貫徹したぞ。

「……ハルちゃん、ひょっとして不死身？」

ビスクさんは、楽しそうに笑う。目はあいかわらず笑ってないけど。

「三日間。わりと無茶するヤツもたくさんいたはずだけど、ハルちゃんは元気だね」

「なにしろ若いんで」

おまえらなんかに、負けないんで。

ビスクさんは、着替えるあたしをドアにもたれかかって眺め、「やっぱり帰すには惜しいな」と楽しげに言う。

うるせ。あたしは帰る。あの酒場に。

「ここでの仕事終わったんで言いますけど。あなた最っ低ですね。二度とシクラソさんに近づかないでください」

ビスクさんは、珍しく驚いたように眉を上げたけど、やっぱり平気な顔して笑った。

「わかった。そうするよ」

送ってあげたいけど、今はそれどころじゃないからとビスクさんは言った。

もちろん、送ってもらうのはあたしも嫌だった。

余裕で歩いて帰れるし。フンだ。

「あ、そうそう」

思い出したように、わざとらしくビスクさんはあたしを呼び止める。

笑顔の取れた冷たい顔。ぞっとするほど感情の消えた顔。

そして、出口と反対側を指さす。

「シクラソも連れて帰ってね」


だだっ広い兵舎の廊下をひとつひとつドアを開けて走った。

シクラソさんの名前を叫ぶ。何度も呼びながら彼女を探す。

窓の向こうで兵士たちは行進を始めた。正義の号令をあげ、靴音を高らかに鳴らして。

薄暗い奥の部屋で、何か動いた。オレンジ色の髪がほんのわずかな明かりに反射した。

「……シクラソさん？」

腫《は》れた顔。厚ぼったい唇。

名前を呼んだら、開かなくなったまぶたをこっちに向けて、「ハルちゃん？」と彼女は呟いた。

嗄《しやが》れちゃった声で、「どうしてここにいるの？」って泣いたんだ。

「あぁぁぁぁぁぁー！」

窓を蹴飛ばして、兵隊どもの背中に向かってあたしは叫ぶ。

「絶対、ぶっ殺してやるからなぁぁぁ！」
＊

厩舎に残されていた年老いた馬にまたがり、シクラソさんを乗せてあたしは病院を探す。

頼れる友だちは一人しかいないけど、運良く最初に見つけた病院に彼女はいた。

ずぶぬれでシクラソさんを背負っているあたしにキョリは驚いてたけど、「急いで彼女を診てほしい」とお願いするとすぐに頷いてくれた。

「ハルさん……？」

寝台に下ろしたシクラソさんの姿を見て、彼女は顔色を青くした。

「だ、大丈夫だよね？　シクラソさん、助かるよね？　あたしの友だちなんだ！」

「……やってみます」

キョリは唇を結んでシクラソさんの体の上に手のひらを向ける。短い呪文を唱えるとそこから淡い光を灯す。

シクラソさんの眉がぴくりと動いた。小さくうめき声もあげる。

「シクラソさん……」

ホッとして、腰が抜けたみたいに膝が折れて、床にお尻が落ちる。

よかった。もう大丈夫だよね？

「すぐにキヨリが治してくれるからね……シクラソさん、がんばって……」

キヨリの光る手が、シクラソさんの体の上を彷徨う。

胸の上にきたところで、キヨリは眉をしかめ、シクラソさんは喉を反らしてうめいた。

「顔を、きれいにします」

光る手を、撫でるようにシクラソさんの顔の上で回す。少しずつ彼女の腫れが引いて、元の顔に戻っていく。

「シクラソさんの顔だ……きれい……」

彫りが深くて、鼻がスッとして、本当に美人。あたしの好きなシクラソさんの顔だ。

「ハルさん」

キヨリが、重い声であたしを呼ぶ。

胸の上を撫でながら。

「話しかけてあげてください。今ならハルさんの声も届くはずです」

「え？」

「これが最後の会話になります。彼女が天国への希望を持てるように、優しく、楽しいことをしゃべってください。落ち着いて、ゆっくりと」

「ちょ、ちょっと待って。なに言ってるの！」

シクラソさん、こんなにきれいな顔をしているのに。

ようやく安心できる場所へ来たのに。

「治してよ！　できるでしょ、ケガを治してくれるだけでいいの！」

「ケガは治せても衰弱が進んでいます。心の臓が、役目を終えている。彼女は天に招かれているんです」

「いやだ！　治して、シクラソさんを治して！」

「ハルさん、大声は出さないで。彼女を心安らかに見送ってあげてください。笑顔で眠れるように」

「できるわけないでしょ！　あなた、シクラソさんが何されたと思ってんの！　こんなになるまで男に……笑えるわけがッ」

「ハル、聞いて！」

キヨリに大声出されて、あたしは息を呑む。

諭すように彼女は言った。

「……こっちの世界では、そうするんです。神様は笑顔でやってきた者をあたたかく迎える。楽しかったことをしゃべって、彼女がこれから向かう先に不安を抱かないように。希望を持った笑顔を神様に見せてさしあげられるように笑わせてあげるんです。だから、ハルさん笑って。笑ってください！」

喉が震えて、笑顔なんて作れない。

くやしくて悲しくて、でもこの気持ちを殺すことなんてしたくない。

だけど、笑った。シクラソさんとのこと思い出して、無理矢理笑った。

「あ、あー……シクラソさん、憶えてる？　店の前にベンチ置いたとき、最初マダムめっちゃ迷惑そうな顔してたよね。でもあたしらいっつもそこでお昼食べてたら、ちょっと気にしてお菓子とかたまにくれたよね。あれたぶん自分も参加したかったんだよー。でも三人がけだからね。あたしらの席だもんね。かわいそうだけど仕方なかったよねー」

シクラソさんの手は冷たかった。すっごくいい声で歌う唇も乾いてた。

でも、やっぱりきれいな人だった。あたしの憧れる顔だ。

「えっと、これ言っちゃおうかなー。当日まで秘密にしとくつもりだったから、ルペちゃんにはナイショね。今度三人で鍋祭りするって言ってたじゃん？　あたしの故郷の名物料理、闇鍋っていうのを二人に食べさせるつもりだったのね。どんな料理かっていうと、これがまたルール無用のデスマッチ鍋なんだよ。まず部屋を暗くして、各自好きな具を入れていいの。ただし摑んだものは絶対に食べること。ひひっ。あたしが何を入れるつもりなのかは秘密だよー」

楽しかったことだけを話す。三人で笑ったことをたくさんしゃべって、これからのことを話す。

あたしたち仲良しだったよね。こっちの世界で友だちができて本当に嬉しかったよ。大好きだよ。めちゃくちゃ感謝してるよ。

だから——

「……ハルちゃん」

掠《かす》れた声で、シクラソさんがあたしの名を呼んだ。

「う、うん！　あたしっ。ここにいるよっ」

弱々しく動く唇。指がかすかにあたしの手を握る。

「……結婚式……来てね……」

心臓が凍えて止まるかと思った。

ビスクの冷たい顔と、シクラソさんの涙が重なってあたしは大声で叫びそうになった。

だけど笑う。せいいっぱい笑った。

「ぜ、絶対行くっ。みんなで大騒ぎしちゃるッ！」

シクラソさんも笑顔になって、それから——静かに眠った。

キヨリは光をシクラソさんの額にかざして、小さな声で祈りを始めた。

あたしは、顔を伏せてボロボロ泣いた。初めて泣いた。

こっちの世界に来て、この仕事をやることになったとき、泣いたら絶対にみじめになるから泣かないと決めてたけど、こんなの無理だった。

「あぁぁー！　シクラソさん…ッ、シクラソさぁぁんっ！　やだ、やだあぁぁ！」

あたしたちはみじめだし、かわいそうすぎた。

だからもうこの感情をごまかしたりしない。悔しかったら泣く。

そして怒る。本気で怒るべきだったんだ。あたしは、もう絶対にアイツらに我慢しない。絶対に許してあげない。

キヨリにお礼を言って、あとのことを頼んで外に出た。雨はますます強くなって夜を煙らせる。あたしの乗ってきた馬はそれでも待っててくれた。

追いかけてきたキヨリが叫ぶ。

「ハ、ハルさんっ。どこ行くつもりですか！」

「あいつらのところへ」

今の顔をキヨリに見せたくないから、背中を向けたまま答える。

「行ってどうするんですか。何をするつもりですか！」

そして彼女は、手綱を握るあたしを見て不思議そうに言う。

「……馬、乗れるんですか？」

乗れるよ。

こっちの世界じゃ女は乗らない馬も、あたしにはすぐ乗れた。

元の世界でも触ったことないけど、すぐになついたし思ったように走ってくれた。

今のあたしはそれぐらいできる。剣だって、握れる。

「キヨリはもう気づいてるみたいだから教えるよ。あんたの考えてるとおり、あたしと千葉は違う世界から連れてこられた。こっちの世界の神様が、たぶん、魔王ってのを倒させるために。だから千葉も普通の人より強くて、シクラソさんと同じ目に遭ったあたしもピンピンしてる」

あの調子のいい神様は、何をどうしろなんて教えてくれなかったけど。

シクラソさんを天国の一番いい席に連れてってやらなかったら、あいつマジ殺すけど。

それでも、今日初めて少しだけ感謝してやる。この世界におかしなルールを作ったことに。

「あたしと千葉は――神様に、チートスキルをもらったから」

# 叫べ

北へ真っ直ぐ進むと、深い森にたどり着く。

馬はあたしのために静かに歩いてくれた。その背中に揺られながら、シクラソさんの歌声が頭から離れなくて、ずっと泣いていた。

雨はまだ降り続いている。だから涙も止まらない。

魔法で灯るかがり火を辿ってとぼとぼ行くと、「止まれ」と兵に呼び止められた。

「あ……？　おまえ、こんなとこで何してんの？」

かつてのふわふわ髪。今は坊主頭になった彼が、馬に乗ってきたあたしを怪訝《けげん》な顔で見る。

そしてバカにするように笑った。

「ウケる。まだヤられ足りねーの？　女のくせに馬になんて乗って」

それはあんたの持っていたスキル『乗馬能力＋八〇』のおかげだ。

乗馬が上手いと自慢しながらあたしを抱いたその髪がまだ柔らかかったとき、あたしはちょっとだけあんたのこと好きだった。

「あ？」

馬から下りて、彼が腰に差してる剣を抜いて、あっけに取られたままの彼の胸を突いた。トンッて嫌な感触が手に残るけど、その不快な感じをあたしの心の中で殺す。

スキル『レベル・バインド』解除。

首紋めのおっさんが持っていたスキルで制御していた、本当のあたしの戦闘レベルとスキルを解放する。剣は、元ふわふわ髪の背中まで簡単に突き抜けた。

「あぁぁぁぁッ！」

背中から噴き出る血が、彼の命を蒸発させていく。

剣を引き抜くと、胸からも血を流して、ふわふわ髪は水たまりに顔を沈めた。

初めて人を殺した。だけどその嫌な感じも、あたしは心の中から消す。

「どうした……？　なんだ、貴様は！」

他の兵士たちがあたしに気づく。

剣を握り直して重さを覚えた。頭の中でどんな動きができるか整理して、イメージする。

まず相手の出方を見る。これがレベル上級者の戦い方だと、千葉は言っていた。

斬りかかってきた男の剣を受け流して、腋の下を裂いた。

悲鳴をあげて転がる男を見下ろしながら、スキル『ステータス・リスト』を使って視界にリストを表示させる。

目の前の兵士たち――あたしと寝たことのある男たちのスキルやレベルが表示されて、タグみたいに彼らにくっついた。

スキル『剣技』の＋一〇くらいまでなら、そのへんの男でもゴロゴロ持ってるザコスキルだ。あたしはその『剣技＋一五〇』を持っている。兵士たちのやることはひとめ見て真似できた。

これまで仕事で出会った冒険者たちのことを思い出す。お酒を飲ませながらさんざん武勇伝や技自慢を聞かされてきたし、中にはわざわざ型をやってみせる人も珍しくなかった。そのイメージと、実際に剣を握ってみた感じと、兵士たちの動きを学習するだけであたしは自在に戦えた。

鋼《はがね》のぶつかる音と悲鳴。雨に混じって森に響く男たちの怒声。

シクラソさんの歌も聞こえていた。

「なんだこの女は……」

返り血を浴びて立つあたしに、男たちの目の色も変わった。

兵士らしい顔になった。

「かかれぇ！」

次々に兵士たちは襲いかかってくる。だけど誰の剣もあたしには触れられない。

血がこびりついて重くなってきた剣を倒れた男のと取り替えた。すぐにそれは手に馴染んであたしの武器になる。刺して、奪って、斬る。どこから何人来ても、やることは同じだった。

「誰かと思えば……娼婦の若いほうか。なかなか腕が立つようだな」

「スバヤ十隊長！」

あごひげの男が、若い兵士をどかせて前に出る。

ロリコンで足フェチの人。気持ち悪いやつだ。

「しかし、その程度の腕で俺の剣が見切れるかな？」

唇を舐めて、ロリコンは笑う。

雨に濡れたあたしの足ばかり注目してる。

「出るぞ！　スバヤ十隊長の神速居合い斬り！」

周りにネタバレされながら、あごひげのおっさんは走りながら斬りつけてきた。

このおっさんのスキルは『素早さ＋八〇』だ。

ちなみにあたしは、『素早さ＋一四〇』に加えて『精度＋一〇〇』と『動体視力・神』と『反射速度・光』を持っていた。

おっさんの剣を軽くかわして、ついでに太ももに傷をつけてやる。

振り向きざまにもう一度斬りつけようとしたおっさんは、自分の動きが鈍くなってることに気づいて驚いた顔をした。

スキル――『スキル殺し』

若い才能の芽を摘む手腕に定評のある缶蹴りんぐ協会会長ネッチネイチブ様の持っていたレアスキルだ。

相手の特技を問答無用で断ち切ってしまえる。あたしの動きが目にも追えなくなったおっさんを、斬り捨ててやった。

「……バケモノだ」

誰かが震える声で言う。兵士たちが恐れているのがわかる。

「後方部隊、集結して陣を組め！　バケモノだっ。コイツ、人間じゃないぞ！」

ひとでなしは、おまえらのほうだろ。

あたしたちはただ真面目に働いていただけだ。

自分たちの仕事をしただけだった。

それなのに、みんなして――

――私が娼館で働くようになって、初めてのお客さんになったのが神様だった。

『驚いた？　僕だよ、僕ー』

何しに来たんだ、このクズが。

って、あたしはぶん殴ってやろうと思ったし、実際ぶん殴ったんだけど、神様はへらへら笑ってた。

『いや～、ずっと君のこと気になってて。あのときはなんか機嫌悪かったっぽいから話しかけられなかったんだけど、お友だちになりたいなぁとは思ってたんだよね。ほんと、LINEとかこっちの世界でも始めようかと思ったし』

しっかりお金も払って、あたしを抱きながら神様は言った。

『君にも、スキル、あぁん、あげなきゃって、んっ、思ってて、はぁ、ぶっちゃけ、スキルってガチャみたいなもんだから、何が出るかわからないけど、君なら、うぅっ、君なら僕もすごいの出せると思うからっ、はぁ、もう、とっておきのSSRガチャ、解放しちゃって、すごい、いい、スキル、あげちゃうからっ。あぁ、すごい、いいっ。いや、今のは君の体の感想ね。すごい、JK、いいよぉっ、うぅっ』

神様のくせに早漏ってどうなのよと思ったけど、ザーメンと一緒に彼はあたしにスキルをくれた。とびきり変なやつを。

『出た。ノーアザースキル――「創造妊娠」だ。君の体で男の精液を受け止めると、相手の経験値とスキルをそっくり自分のものにできる。名前と能力が合ってないじゃんとか、名前ダサいじゃんとかツッコミどころはあろうけど、これからこの仕事で生きていくことを決めた君に、これほど有用なスキルはないと思う。たくさんの男と寝なさい。そしてすべての経験を君の糧《かて》にしなさい。私たちの希望の母となる者よ』
そんなことより元の世界に帰せやとあたしは言った。
神様は、『住めば都だよ〜』と笑ってごまかしていた。

それからしばらく神様はあたしのとこ通ってくれて、ひょっとしてこの人マジであたしとヤりたかっただけで異世界転移させたのかなと思ったけど、しばらくしたら全然顔も見せなくなったし、神は死んだんだと思って忘れてた。

スキルったって、あたしがどれだけレベル上げようが女は冒険者になれないとわかった時点で意味なしで、唯一の手段だっていう回復シスターのスキルも女しか持ってないなら、どうしようもなかった。

中にはめっちゃ使えるスキルもあったし、『美肌』とか『美尻』とかホント有能だったし、あのギルド長のとこのぼんぼんのスキルが『料理』だとか最高ウケたし使えたけど、ほとんどが戦闘系スキルばっかりで娼婦の仕事には役に立たない。

モンスター狩りにも行けないし、嫌なお客さんがいても抵抗してケガでもさせたらお店に迷惑がかかるし。

おてんばな女の子は嫌われる世界で、こんな乱暴なチートスキルは使うことないと思ってた。

ヤればヤるほど強くなるって、精液吸い拳かよって感じだし。

「距離を取れ！　一人ずつかかるなっ」

なのに、あたしは強かった。

自分でも寒くなるくらい強くて、誰もあたしには勝てないんだとわかった。

「うっ、ぐ、はぁ……ッ！」

人を斬るのも慣れてきて、手際がよくなっていく。

技術がレベルに追いついてきたって感じ。剣が軽く自在に操れる。体も思っている以上に動く。イメージと現実の動きがきれいにシンクロする。

「つ、捕まえたぞ！」

剣を叩き落とした短髪の兵士が、素手であたしの後ろからしがみつく。『体術＋五〇』の自信のある腕で締めつけてくる。

あたしは彼の脇腹を親指で突き、足で払って回転させ、地面に倒れたところで喉を斬る。

あたしの体術は『＋一二〇』だから。寝技は元から得意だけどね。

「よくも、よくも仲間たちを！」

若い兵士が叫ぶ。何だ仲間だヤリサー軍。

こっちの世界じゃ仇討ち・返り討ちは無罪なんだろ？

あたしもシクラソさんの仇討ちだ。死にたくなかったら、しっかり返り討ちにしてみせろ。

「炎、五連っ、撃てぇ！」

目の前が赤く染まり、炎に包まれる。

でも、それは見えない空気の膜にぶつかり、あたしの体に届く寸前ですべて無効にされる。

「き、効いてない……？」

スキル——『攻撃魔法無効』。千葉のスキルだ。

あいつの『経験値十六倍』も『状態異常無効』もしっかりあたしはもらってる。どんな魔法の攻撃もあたしには通じない。

チートはずるいものだ。みんなが何年かけて上げてるのかも知らない経験値を、あたしは一晩で男たちから巻き上げていた。しかもお金までもらってるあたり本当チートだった。

さらにあたしにはレベルキャップとかいう制限もない。相撲部が持っていた神レアスキル『レベル無制限』が、あたしを限界なくレベルアップさせてくれる。

最初は無制限ってなんのことかわからなかったけど、千葉がレベル九十一で成長止まったって聞いたとき、マジ爆笑するとこだったよね。

前にお客さんから聞いたことあった短い呪文を唱えた。

冷たい光が、手のひらからポロポロこぼれて広がる。

スキル――『氷魔法』発動。

「なに、まさか……ッ、コイツ、魔法も使うのか！」

地面の中の水分を凍らせて、兵士の足元から拘束する。

スキル『風魔法』も発動。小山カッターが彼らを襲った。

「固まるなっ、散れ！　まとめてやられるぞ！」

プロの軍人魔法使いも、あたしの魔法に敵わない。習ったことなんてないけど、彼氏に借りたドラクエの魔法みたいに簡単に応用できた。

なぜならスキル『賢者の智』も持っているから。

あたしが缶蹴りんぐに忙しかった時期に、適当にヤリ捨てた客の誰かが持ってたやつだ。

兵士が何人出てこようとも、あたしには傷一つつけられない。一方的にあたしに倒されていくだけだ。

この世界ではスキルが大事だと千葉は言っていた。確かにそうかもしれないと思った。

強いってことは大事なんだろう。こんな世界で生きていくためには。

「……まさか、ハルちゃんがこんなに強いなんてね。驚いたよ」

ビスクがゆっくりと前に出てきて笑った。まるで他人事みたいに平然と。

「君はこれで僕たち中隊の半数を殺したよ。そろそろ気は済んだだろ？　お互いに同じ痛みを味わった。あとは話し合いで解決すべきじゃないかな？」

剣を腰に差したまま、話し合おうと言って彼は近づいてくる。

あたしは剣を握る手が震えそうなの我慢する。

「シクラソには本当に申し訳ないことをしたと思ってるよ。もちろんハルちゃんにも。ただ、僕たちの立場も理解してほしい。見てのとおり死と隣り合わせの危険な仕事だ。前線に立ったら頼れるのは仲間だけだ。部隊は家族同然なんだよ。上の命令が絶対の世界で、僕も中間階級の隊員として、結束を第一に考えている。個人の幸せも、時には部隊のために捧げなければならないときもあるんだ。彼女も理解してくれていたんだよ。本当に」

あたしの目を真っ直ぐ見て、みじんの後ろめたさもない顔をする。

コイツのこういうとこ信じられないと思ってた。

でも、今ならわかる。抱かれたから、わかってしまうんだ。

この男は本心から言っている。今のこの状況に恐怖を感じてない。自分のしたことに罪悪感も後悔もない。上っ面の言葉にしか聞こえないこのセリフは、上っ面でしか生きていない彼にとって本音なんだ。

「僕たちだって、本気で市民を守りたいと思っているからここにいる。だけど、敵は恐ろしいバケモノだし、組織の中にも常に緊張と恐怖はある。ぎりぎりの状況で悩み苦しみながら戦っているんだ。それは君たち娼婦も、シクラソだって同じはず――」

最後まで語らせる前に、あたしの剣はビスクの胸を貫いていた。

彼は一瞬、顔をしかめたけど、すぐにまたいつもの笑顔に戻って「残念だな」と言った。

スキル――『感情殺し』

ビスクに苦しいとか悲しいとか、人間らしい感情なんて最初からなかった。嫌な感情は生まれてもすぐに殺せてしまう。好ましいものだけ残しておけばいいんだ。

とても便利で、最低の才能だ。あたしもこのスキルだけは二度と使わないって誓う。

あんたも、こんなものは捨ててから死ね。

「んっ……あぁっ！」

スキル――『スキル殺し』

あたしはビスクから気持ち悪い笑顔を消し、剣を抜いた。

「あぁっ、くそっ、痛い…ッ、あ、あぁぁ！」

彼は水たまりの中に倒れ、もがき、苦しみ、最後に弱々しく雨に向かって手を伸ばす。

「……シク……ラソ……」

彼の手は、何も掴むことなく泥の上に落ちた。

頭の中でずっと響いていたシクラソさんの歌が、そのとき止んだ。

――バカヤロウだ。

こんな世界、バカばっかり。

「大っ嫌い、あんたたちなんて！」

魔法と剣の飛び交う雨の中を、あたしは斬り開いて進んでいく。

大声あげて暴れた。怒っていないと胸が苦しくて、気持ち悪くて吐きそうになる。だからめちゃくちゃに暴れた。

そのうちに理解した。気持ち悪さの正体がわかった。

あたしはもう、こっちの世界の人間なんだ。

「大嫌い……大っ嫌いだッ！」

きっと、あの放課後には二度と帰れない。

朝までLINEでくっだらねー応酬をすることもない。お姉ちゃんとドライヤー奪い合って遅刻ギリギリになることもない。お父さんとお母さんに怒られることもない。彼氏のサッカーも応援してあげられない。

血まみれになって暴れる。汗だくになって男と寝る。

小山ハルは、ただのハルになって、こっちの世界で生きていくんだ。

「ひ、ひいいいいっ」

森の一番奥、前線のそばに立つテントの中に百隊長は隠れていた。

燃やしてやったら、腰を抜かしながら出てきた。こんな小娘に睨まれたぐらいで悲鳴をあげて。

そうだよね。あんたの正体、抱かれたからあたし知ってるよ。見えてるよ。

「レベル十五のザコ。それが本当のあんただ。

「や、やめろっ。誰かいないのかっ。お、俺を守れ！　ひぃ！」

あたしは両手に魔法の卵を浮かべる。

右手に青いの。左手に赤いの。

千葉に逆恨みしてた青ひげのおっさんが持ってたスキル『氷雪系召還精霊シヴィラ・ユニコ』と、猫好きの鍛冶屋のおっさんが持ってたスキル『火炎系召還幻獣ガネグデ・ドラゴ』を、変態吟遊詩人兄さんのスキル『デュアル・スペル』で同時詠唱する。

魔法の卵は月と太陽を並べたみたいにまぶしく膨らんでいく。『攻撃魔法無効』のあたしの周りを凍らせ、燃やしながら、じりじりと百隊長に近づいていく。

腰を抜かしている彼の頭上で、魔法は卵の殻を突き破った。

「やっ、やめっ、やぁぁっ！」

「──男だろ？」

翼を広げた二体の魔法生物の雄叫びに森が震える。溶けるようになくなっていく木々が空を広げる。

「いろっぺー悲鳴あげてんじゃねーぞ！」

「いやあああぁぁぁぁッ！」

青と赤の光がぶつかり合い、真っ白に滲んでいく。光はあたしも呑み込んで、前の世界の光景を次々浮かべては流れていった。

光が消えると、百隊長はいなくなっていて、暗い森にあたしは一人で立っていた。

息を吐いたら苦しくてむせた。体じゅうが痛くて、杖代わりについた剣も重い。

だけど、雨は降り続いていた。

森は呼吸しているみたいにざわめき、暗闇に嫌な気配を這わせてくる。

ここはモンスターの現れる前線で、警備していた部隊は全滅した。お腹を空かせた獣の呼吸が、生臭く匂ってくる。

そのさらに奥から、鋭い視線を感じていた。

真っ直ぐあたしを睨みつける、とても冷たい目が闇のずっと向こうにいる。その視線の前には数え切れない生き物の気配がある。

解き放たれる寸前の檻《おり》。

みんな、あたしを欲しがって鼻息を荒くしてた。

……いいよ。おいで。あんたたちもこのままじゃ眠れないんだろ？

抱いてやる。娼婦のあたしが朝までだって相手してあげるよ。

ただし、絶対に天国にはイかせてやらね。

今夜、安らかに眠っていいのは——シクラソさんだけだ。

森の奥に漂っていた気配が、大きく膨らんで消えていく。ずっと突き刺さっていた冷たい視線も、ふっと軽くなった。

雨は唐突に止む。

いきなり雄叫びと地鳴りを響かせ、魔物の群れが解き放たれる。

左手に雷《イカヅチ》。右手に血濡れた剣を握って、あたしも大きな声で叫んだ。

「今、神の御許に召されし彼女の名は――」

シクラソさんの埋葬を店のみんなで見送る。

青空の下、彼女は微笑んでいた。いつものように、きれいな顔をしてた。

「……シクラソさん……うぅっ」

泣いてるルペちゃんを後ろから抱きしめる。

彼女のふわふわの髪が気持ちよくて、優しくて、あたしも顔を埋めて泣く。

シクラソさんの死は、病死ということになった。

店の誰も納得してないし、あのギルド長一家まで一緒になって文句言いに行ってくれたけど、百隊長の身内が大物だし、肝心の部隊が全滅してることもあって、うやむやにされてしまった。

しばらくはうちの店も、店外デートや慰問なんていう外の活動は中止することにした。

一番責任を感じていたのはマダムで、ずっと泣いて謝ってばかりで、誰も彼女を責められなかった。

あたしも、マダムのせいじゃないって言った。マダムは、あたしに「無事に帰ってきてくれてありがとう」って言って、また泣いた。

娼婦は悲しい仕事だ。弱い人たちばかりだ。流されるしかないときに、流されちゃうのは仕方ない。

立ち上がれるときに、真っ直ぐ立とう。

「シクラソさん……」

大好きだよ。

あたしたち、最後まで友だちだったよね。

これからもだよね。

さて。

それでも仕事は続けないとならない。

あたしたちはサービス業の女。お客さんの前では笑顔だ。体もいつもピカピカだ。

「いらっしゃいませ〜！」

今週も連日満員の続く店内をあたしは走り回る。

テーブルオッケー、飲み物オッケー、床壁天井異常なし。

最近はスキル『大工仕事』なんて手に入れちゃったものだから、店の中のメンテなんかも気になっちゃって仕方ない。

はー、ほんと、めんどくせぇチート。神様、また来てくれないかな。そろそろぶん殴りてぇ。

「ハルちゃん、そろそろステージよ」

「は、はい！」

しかし、仕事には全力スキルで立ち向かわねばならない。

あたしはがんばると決めたのだ。今、この店を救うのはあたししかいないと思っちゃったのだ。

無謀にも。

「え、えー。こ、今夜は、『夜想の青猫亭』にようこそでございまして」

だーれも聞いちゃいねー。ザワザワしている店内は、ステージ中央でギターみたいな楽器抱えてるあたしに誰も注目していなかった。

アウェイ感、ハンパない。何ここあたしの勤めてる店じゃないの？　違った？　あたし、ここじゃそこそこの売れっ子じゃなかったっけ？

（ハルちゃんっ）

給仕中のルペちゃんが、こっそりあたしのほうに拳を握って「がんばれ」のサインをくれる。

よく見たら、いつもの窮屈なテーブルでスモーブがなぜか緊張して汗を拭いてる。

あたしは深呼吸して笑顔を作った。

あの人みたいにかっこよくはできなくても、あたしらしく笑ってようと思った。

「ん、んんっ。じゃ、聞いてください。あたしの故郷の歌。『トリテッ』ですっ」

肉食ったあとの骨をピック代わりにして、弦を弾く。

あれから練習して、かなり上手になったギターが気持ちいい音をたてる。

「七時五十二分発のデハ一〇〇〇形を撮りに行くよ～♪」

ド音痴すぎてボックスの店員にまでドン引きされたこともあるあたしの歌声が、美しく店内に響く。あいかわらず他の人は全然聴いてくれてねー感じだけど、スモーブやルペちゃんは少し驚いた顔をしていた。

あたしも最初は驚いたもんだ。なにしろあのバフネス百隊長のスキルが、『めっちゃ歌上手い』だったとか最高ウケる。殺す前に一曲くらい歌ってもらえばよかった。

でも、今はあたしの歌声だ。自信を持ってお客さんにも聞かせられる。商売になる歌だ。

ただまあ、あたしがガッチガチすぎて全然歌えてないけどね……。

始まればなんとかなると思ったけど、マジ無理だった。単独ステージの圧力ハンパない。

ちゃんとした人がそばにいないのってすっごい不安。自分が笑えてるのかどうかもよくわかんない。顔が火照《ほて》ってるのだけわかる。

暴れたい。いつものようにめっちゃくちゃにステージをかき回したい。でも、あたしがキレたら他に誰がちゃんとするんだ。

声を震わせながらあたしは歌う。

「新しい世界へ旅立つ君の姿を撮りに行くよ〜♪」

しかもマジありえねー表打ちでスモーブが手拍子してるし。

逆にやりづれーよ。土俵入りじゃねぇんだよ。

ルぺちゃんまでお客さんたちに同じの要求してるし。音頭じゃねーのに。

やりづれー。ありえねー。

でも笑っちゃう。あたし笑ってる。

これはこれで、あたしらしいステージだ。楽しいよ。

絶対笑ってるよね。シクラソさんも。

＊

「――えっ、うそっ、なにこれ、あたしにくれんのッ？」

なんかやけにスモーブ緊張してると思ったら、あたしのステージデビューに花なんて用意してやがった。

ピンクい小さい花束だ。

あたし、今まで男からもらうなら服とか小物とか実用的なのがいいと思ってたし、スモーブなら当然肉だろって感じだったし、じつは花なんてもらうの人生初めてだったし。

「やだ……なんか、すごい嬉しい……」

自分でも意外すぎるんだけど、マジすごい嬉しかった。

泣きそうになった。ていうか泣いた。

感情を我慢したり殺すのやめたって思ってたばかりなので、不意打ちで流れる涙を堪《こら》えられなくて、スモーブをあたふたさせてしまった。

なぜかルぺちゃんまでもらい泣きしちゃって、なんだこの最終回みたいな雰囲気って感じで、あたしたちの戦いはまだ始まったばかりじゃんって思ったけど、他のお客さんたちまで聴いてなかったくせに拍手までしやがって。

バカ。みんな大好き。

「いやー、まさかハルの『トリテツ』が聴けるなんてな。ぶっちゃけ俺、女子御用達アーティストなんかに興味ないんだけど、懐かしいっちゃ懐かしいわ。あ、あれ歌える？『億本桜』。あれだったら俺も昔歌い手みたいなこと友だちに勧められてやってたことあって、まあ期間限定でやってたから正確なフォロワー数わかんないけど、いいねされたことあったし、なんだったら今一緒に歌う？」

花、枯れるかと思った。鼻水もうっかり落とすとこだったわ。

「なんであんたがここにいんだよ！」

「おまえのそばに俺がいる。それだけで充分だろ？　そろそろハルも頭冷えた頃かなと思ってさ。まあ、ハルがわけわかんねーこと言い出すの今に始まったことじゃないし、そういうとこ含めて、ホラ、俺が守ってやんなきゃって感じ？　へへっ」

千葉が、赤ヘルをかき上げて（上がってねーけど）頬を染める。

信じらんない。コイツ、マジであたしにとって一切の意味なくない？

なのになんであたしったら百人にマワされてる最中とか、こんなヤツのことちょいちょい呟いちゃったの。本気で黒歴史じゃん。

レベル・バインド解除しなきゃ……コイツ早く消さなきゃ……。

「あ、雨だ」

ぐらぐら沸騰しそうな心を冷ますかのように、降り始める雨。

あたしは、冷たい色をしたあの人の瞳を思い出す。

じつはあれから、一度も銀髪おじさんは店に来てくれない。

一体どうしてなんだろ。あたしってそんなによくなかったのかな。ちょっと本気で自信なくすかも。確かに後半はもう乱れるがままでプロとしては恥ずかしいばかりでしたが、でも。

――いや。

店の外まで来ている。女のスキルっつーか嗅覚がそう言ってる。

あたしは花束を千葉のヘルメットにぶっ刺して、外に飛び出した。夜でも目立つ濡れた銀髪。長身にロングコート。やたらと鋭い瞳。

おじさん。

あたしの心臓がめっちゃ跳ねる。

「ど、どうもこんばんはっ。あ、雨、濡れるじゃないですかっ。お店のほうにどうぞ！」

おじさんは、じっとあたしの顔を見つめて、表情を動かさないまま言う。

「酒はいらない。おまえの顔を見に来ただけだ」

…………。

えっ？　どういう意味っ？

あたしは一瞬呆《ほう》けてしまったあと、茹《ゆ》でダコになる。

え、困る。あたしまだ仕事中だしっ。で、でもマダムに言って今から休みもらって、えっと、あたしの部屋にご招待でいいの？　つーか、仕事以外で男を部屋に入れるの初めてっていうか、ね、寝ちゃうの今夜？

急にそんなこと言われても全然心の準備とかっ。いや体のほうはできてるけどね！　仕事だし！

だけど、おじさんは相変わらずの無表情で、わけわかんないこと言う。

「……いつか、おまえのようなやつも現れるだろうと思っていた」

だが、まさかおまえだとは思っていなかった。と、なぞなぞみたいなことを言っておじさんは目を細めた。

「俺は、今も憎しみの底にいる。おまえたちに許しや情けなどといった感情を抱くつもりもない。しかしおまえたちにとっては、すでに世代の違う話だということも理解している。進化、変化、それが人間の営みであり、過去は捨て去る生き物だということも。俺の憎しみも今のおまえたちにとってはただの物語だ。異界人には、なおさらだろう」

おじさんの髪に、頬に、雨が流れ落ちる。

ひょっとして、雨の中じゃないと生きていけないのかもしれない。この人、泣くことができないんじゃないのかなって思った。

「物語を終わらせる者は、いつか現れる。それがどういう結末であれ、俺にとって不幸であることに違いはない。だったら、おまえであることがわずかに幸運だったと、そのとき俺は思うのかもしれない」

そう思ったから、おまえの顔を見に来た。

じっと押し黙ったままおじさんはあたしを見つめる。

なんか言わなきゃって思ったけど、おじさんの話はあたしにはやっぱり全然意味がわかんなくて、何も言えなかった。いつもの愛想笑いもできなくて、ぽかんとしてるだけだ。

そうしたら、おじさんがほんの少しだけ笑ったような気がした。

「次は、おまえが俺のところまで来い」

いきなり誘われたっ？

だけど、おじさんはあたしに住所も教えないで背中を向ける。

「俺はまだ終わるつもりはない。来るならば本気で迎えよう。せいぜい磨くことだ。今はまだ、おまえは俺に届かない」

雨に溶けるみたいに、おじさんの背中は見えなくなっていく。

あたしは結局、彼の言いたいことも、自分の気持ちもわからないまま見送る。

なんかフラれた気がする。

だけどなんとなく、かなりプロポーズに近いことも言われた気もする。

あたし、どうしちゃったのってくらいボケッとしてた。

これ以上あの人のことを知るの怖いかもしれない。近づくほど嫌われちゃうかもしれない。すごい孤独をぶつけられた気がした。

でも、やっぱり好きだ。

あたしを抱いた男たちの中で、唯一、経験値もスキルもくれなかった人。

どうしてあの人だけそうだったのか理由もわかんないけど、なんかこうイイ感じで、「それは恋の奇跡だった」みたいなことになったらいいなと思った。

だったら嬉しいんだけど、と雨に祈った。

——雨は、あの人がいなくなったらすぐに止んだ。


「ハル、何してんだよ。びしょ濡れじゃねぇか」

「あんたこそ、なんだその真っ赤なハンカチ。茨城の手品師かよ」

「千葉の手品師だよ！　つか手品師じゃねーし千葉の生まれでもねぇよ！　俺は東京生まれ異世界育ち——」

「ハルちゃん、これ使って」

「ありがとー」

ルペちゃんからふかふかのタオルをもらって髪を拭く。

あー、寒かった。千葉も含めて。

「……何かあったの？」

心配そうな顔するルペちゃんに、なんでもないよと答える。

そうとしか言えない。どうなるのか、あたしにもわかんない。

娼婦の恋だもん。

「よーし、温まってきた！」

ぐだぐだ悩むな、あたし。今夜は盛り上げていくぞ！

「あたし！　今夜はめっちゃヤりたい気分！　最初の男には天国行きのサービスしちゃうぞ！　買うヤツいるか！」

しん、と店内静まりかえる。またすべったかなと思ったら、大笑いと一緒に次々手を挙げる男たちが現れた。

あたしは定価百ルバー。

だけど、どんどん値はつり上がってあっという間に二百ルバーを突破。負けた人にも乾杯とハグで健闘を称え、さらにレースは注目を集め、いよいよ残ったのはこの二人。

「さ、三百ルバー出します！」

「上等！　こっちは三百五ルバーだ！」

「三百五十ルバー！」

「ぐぬぬ……三百五十五ルバー！」

スモーブと千葉っていう、何て言うか、やっぱりあたしの周りで残るのこの二人だよねそうだよねって感じのイマイチ新鮮味のないヤツらの争いになった。

ていうか誰か、千葉にこういうときの値の付け方を教えてあげて。コイツのターンですごい盛り下がる。

まあ、この流れでいけばスモーブで決まりか。

いいじゃん、思いっきり欲情させてやる。肉の海を寄り切ってやんよハッケヨイと思っていたところで、渋く静かに、しかしよく通る声が響き渡る。

「――千ルバー」

騒ぎの外で、一人だけテーブルに腰掛けていた。

いつからそこにいたのか、白髪と白ひげのおじいちゃんが宣言どおりのお金を積んで、千葉とスモーブを挑発するように目を細める。

「……ん、どうした？」

金額というよりも、このおじいちゃんの存在感的なものにやられて誰も何も言えなくなる。ぼろぼろのテンガロンハット。だけど仕立てのよさそうな革のジャケット。ごついブーツ。珍しく両方の腰に剣を差すスタイル。いろんな人見てきたけど、二刀流って初めて見る。

ちょいワルジジイ。というよりも、めっちゃ現役バリバリの不良ヨロシクって貫禄で、おじいちゃんは口の端をあげた。

「こりゃあ俺の勝ちってことか、お嬢ちゃん？」

スモーブは、財布の中を覗いて首を振っていた。千葉は、笑えるくらい青くなって震えてた。

あたしは、両手を広げておじいちゃんを歓迎する。

「千ルバーであたし落札！　お買い上げ、ありがとうございま〜す！」

＊

おじいちゃんは、あたしの部屋に入るとまずベッドに座った。

椅子とかないからそこに座るの当たり前なんだけど、初めて入る部屋でも自分んちみたいに振る舞うこの態度、女慣れしてらっしゃるわと思った。

「何にもねぇ部屋だな」

帽子は脱いでも腰の剣は下ろさないとこも、なんだかいろいろ慣れてらっしゃる感じ。

部屋を軽く見渡して、あたしのことじっと見ながら呟く。

「この商売は長いのか？」

「んー、まだ一年経ってないくらいっすね〜」

背中のボタンを外してワンピを緩める。

視線はまるで肌も貫く感じだけど、それは決して女を見定める目でになく、刺さるくらい鋭い瞳だ。あの人に少しだけ似てるかもしれない。

「お嬢ちゃんは、サキュバスって知ってるか？」

「猫バスなら乗ったことありますけど？」

あたしの会心のボケをスルーして、おじいちゃんはこめかみに指を立て、目を細める。

「サキュバスってのはな、まあ、伝説のバケモンだ。簡単に言っちまえば、男を喰う。アソコからな。干涸びるまで精力を吸い尽くして、自分のものにしちまうんだと。おっかねえ話だな」

胸に巻いてるサラシみたいなやつ取る。

最近、ちょっとバストにも自信あるのよ。膨らんできてるの。

おじさんにはスルーされちゃってるけど。

「そいつかどうかは知らねえが、この街にもバケモンがいる」

サラシを簡単にたたんで、ワンピの上に置く。いよいよ最後の武器であるパンツに手をかける。

「軍は、あれをロクに調査もしないで魔王の手下と相討ちしたって決めつけた。噂ぐらいは聞いてるが、厄介者の百隊長様の中隊だからな。だけど現場を見ればすぐわかる。相手は魔物じゃねぇ。魔物の群れを皆殺しにした相手も、軍じゃねえ。バケモンだ。たった一人であれをやったバケモンがいる」

自慢の美尻を見せてやったのに、このジジイったらやっぱりビクともしなかった。

来る店を間違えてねえか？　ここは特別養護老人ホームじゃねーんだぞ。

おじいちゃんは、相変わらず自分の話に夢中で、両手のひとさし指を一本ずつ立てて、子どもにするみたいにあたしに説明する。

「消えちまった百隊長の遺体も数えれば、人間が百人。魔物の首も百。きっちり数えてやりやがった。こりゃあいったい、どっち側のバケモンだって話だよな。ヒトか、モンスターか。どっちにも情をかけないで公平に裁定しやがった。どっちもクソだと、コイツは言ってんだよ」

両手の指を戦わせるようにして、そして生き残ったそのどちらでもないものとして、小指を立てた。

「犯人は、ガキだ。バケモンだが中身は子ども。力に溺《おぼ》れて神様気取りになっちまった、思春期丸出しのクソガキだ」

あたしの裸ではなく、顔を見ながらおじいちゃんは言う。

「雨でほとんど消えちまってたが、そこで女物の足跡を見つけた。そいつは街から馬でやってきて、馬で帰った。兵舎まで。そこから先は歩いて街まで帰った」

その何日か前に、兵舎に出入りした娼婦がいると、目撃したヤツもいる。

そう言っておじいちゃんは、ますます視線を鋭くして、ほとんど睨むみたいにあたしを見た。丸腰で全裸のあたしを縛りつけるように。

「バケモンのガキが、我がもの顔で俺の街に棲んでいると思ったら、腹立たしくて寝てらんねえ。どうせくだらねえ理由でぶっ殺したに決まってる。見つけたら、人間様を代表して俺がぶった斬ってやらないとな」

よく見たら、おじいちゃんの二本の剣はおかしな紐に結ばれていた。

もしもあたしがレベル・バインド解除したとして、もしもその剣を奪おうとしたとしても、たぶん盗れない。この人にしか抜けない仕掛けがしてあるんだろう。

そういうのがあるって、お客さんから聞いたことあった。

本当に強いやつは用心深いって。

「お嬢ちゃん、なんか知らねぇか？　心当たりがあるなら教えてくれや」

酒場のバカ騒ぎはここまで響いていたけど、あたしたちの間の空気は氷みたいに固まっていた。

あの夜を、くだらないだなんて言われて許せないのはこっちのほうだった。

でもそれが挑発で罠なんだってことぐらい、あたしでもわかる。

夜の娼館は、揉め事、ケンカ、怪しい取り引き、何でもありだしいろいろ見てきた。

このくらいの危険とは、あたし、何度も寝てきたよ。

娼婦は腕っぷしじゃなくて、体全部で勝負するんだよ。

「ねえ、おじさん」

腰をくねらせながら近づき、覗き込むようにかがむ。

「裸の女を前にして、そんなつまんないお話ばっかりしてたらモテないよ？」

正体なんて、普通に聞いてくれれば普通に教えるよ。あたしが何者かなんて、この体を見ればわかるじゃん。

おじいちゃんは、ほんの少し唇の端を上げた。だけど眼光は少しも緩まない。

体を起こして、名刺代わりにたっぷりと自分の体を見せつける。

「あたしの名前はハル。『夜想の青猫亭』の娼婦」

この店で成長したおっぱいもお尻も、あたしの自慢だ。

もうとっくにJKの体じゃない。娼婦の体だ。

「こう見えて、店でも売り上げ四位の人気嬢。でもここまで来るの本当大変だったよ。マジつらかったよ。この街で、女が一人で生きていくのどれだけしんどいか男の人は知らないよね？　めっちゃきついい。マジだるい。好きで始めるわけないじゃん、こんな仕事」

毎日マンコに草を詰めてんだぞ。ここは空港の税関かっつーの。

「でも、がんばりました。おかげでずいぶんとこの世界のこと勉強させてもらいました。いろんなこと考えた。そして結論出ました。この世界のほうこそ――あたしから見れば、まだまだ全っ然ガキなんだよね！」

異世界を語るあたしに、おじいちゃんの青くて鋭い瞳が、少しだけ広がった。

でもすぐに弓のようにしなる。こめかみに指をあてて、孫のおしゃべりに耳を傾けるみたいに微笑む。

若いとき死ぬほどイケメンだったろ。今でも結構いい感じだけど。

「ここは男子の遊び場で、男子だけの楽しいごっこ遊びの世界なの。自分たちの都合のいいルールと趣味だけで盛り上がって、ちょっとツッコまれたらムキになって。だけど、そろそろ女子のことも意識していいんじゃないかなー。女子の考えてること知ったら、もっといろんな発見あるのに。自分たちの世界を壊されるの怖がってるのかもしれないけど、いつまでも内輪だけで盛り上がってたらそりゃキモいって言われるよ。心開けよ。もう少し女子の話も聞けよ。そうすりゃもっと大人で、陽キャな世界になれるのに」

あたしだって甘えたい。そんな優しい世界の腕の中で。

好きな男にだけ抱かれて眠るの、マジで夢。

「でも、全部が嫌いってわけじゃないよ。面白いところあるし、いい人もたくさんいる。友だちだってできた。住めば都だなんて思わないしクソ田舎だと思ってるけど、あたしから踏み込んでいけば、心を開いてくれないわけじゃないのわかってるし。それでも上手くいかなくて泣きたいこと多いけどさ。ひどいことされてキレるときだってあるよ。でも、報われないばっかりじゃなくて、楽しいこともあるし、笑っちゃうようなこともちゃんとある。娼婦だけど、毎日ぎりぎりだけど、あたしはここで生きてるんだって感じてる」

そして——この世界で、あたしは十八才になったんだ。

「おじさん。せっかくあたしのこと買ったんだから、まずは抱いてけば？　店に払ってもらった分、本気でサービスするし。犯人探しなんて、あとでもいいじゃん？」

肩に手をかけて、膝の上に乗る。深いしわの刻まれた肌は、ざらざら硬くて、男の匂いがした。

おじいちゃんは短く笑って、「それもそうだな」と、それこそガキみたいに顔をくしゃくしゃにする。

やべ。今、ちょっとあたしの顔が熱くなった。男のずるいとこ見せられた。

「んっ」

背中を撫でられてぞくっときた。

気がついたら体を持ち上げられて寝かされていた。

せいいっぱい大人の女の色気を出そうとしているあたしを、丸ごと抱きしめてあやすみたいに、本物の大人の手。硬くてしわもあるのに、女を触るとかには優しい。

背中を軽く撫で上がってくる。変な声出ちゃう。今、ちょっとだけ寂しい気持ちだったから優しい愛撫やばい。こんなＯＫＩＮＡにときめくほど趣味広げられると仕事にマジ差し支える。

ジジイ専にされちゃう～。

「んっ！」

唇を奪ってやった。

にゅるっと舌を差し込んで絡める。舌の裏の一番柔らかいとこくすぐって、驚いて思わず顔を引いたおじいちゃんに、高速チロチロしてみせる。

「……それが、『そっちの世界』のキスか？」

あたしはニンマリ笑って答える。

「ううん。こっちの仕事で覚えたキス」

おじいちゃんは、「本気でこの仕事やってんのか？」って眉を上げる。

だから言ってんじゃん、これがあたしのお仕事だって。

「くっ、ははっ。そういうことか。神様が引き当てたのは、本物の娼婦だったってわけか。そりゃあ男が敵わねぇはずだっ」

おじいちゃんはからから笑って、あっさり腰の剣を二本とも下ろした。

服を脱ぐと、傷だらけの、だけどしっかりとした胸板が剝きだしになる。下もあっさり脱ぐ。

おぉ。おじいちゃんってば、現役バリバリ。

「だが悪いが俺も、コッチじゃそこらの若いもんに負けねえ。抱くぞ——ハル」

硬くて長い、木でも入ってんのかってくらい活きのいいチンポが入ってくる。

お腹の底から息がこぼれた。これマジで女を殺すやつ。しかも超挿れ方わかってる。優しくて強い。いきなり気持ちいいとこ当てられてる。

「んっ、あっ、あんっ、あっ！」

マジ声が出てしまっていた。おじいちゃんは軽く揺すっているだけ。自慢のチンポをあたしに憶えさせようとしている。

体がふわふわ温かい。顔があっつい。ぐりぐり当たるチンポの先が、あたしの反応を面白がってあちこち刺激を変えてくる。

勝手に口が開いて、エロい声が出ちゃう。

「ハル」

おじいちゃんは、あたしの顔をじっと見つめて。

「おまえ、店やめて俺の女にならねぇか？　ここにいるよりは面白ぇぞ」

ジジイめぇ〜。孫ぐらいの年の女を口説くな。

その気になりそうなセックスすんな。

あたしは歯を食いしばって首を振る。おじいちゃんは、「そうか？」と言って、腰をクンと強く押し込む。

マンコの中をえぐられて、でもそれが全然嫌な感じの強引さじゃなくて、ヤられてるのが嬉しくなるような男らしい腰使い。あたしの子宮を押し上げてくる。そのたびにビリビリとお腹に響く。

「あぁっ！　あっ、あっ」

少し力強さを増して、あたしの快感をどんどん引き上げていく。チンポ一本で抱っこされてるみたいに腰が浮く。

あぁ、このおじいちゃん、マジすごいかも。

「娼婦なんてやめて、俺のもんになれ。おまえには、もっと広い世界を見せてやりてえ」

そしてあたしの髪をかき上げ、たっぷり見つめながら言う。

「おまえを俺の、人生最後の女にしてえんだよ」

キュンキュンさせるジジイだな、ったく。

でも、娼婦だからって安くみるなよ。あたしは、きゅってマンコを強く締めて、おじいちゃんの腰に足を回す。

思いっきり抱き寄せて、キスして腰を動かす。

「んっ、ハル、おまえっ」

そのままぐるりと体を入れ替えて、騎乗位になった。おじいちゃんを見下ろして、ほっとひと息。

「ウソついたでしょ」

「ん？」

「最後の女なんて、他の女にも言ってるくせに」

おじいちゃんは「ハルが俺のもんになれば他の女は捨てるよ」と、ニカッと笑った。

クソジジイ。そういうのウザいんだっつーの。娼婦だからって、簡単に落とせると思うなよ？

舌をチロチロ動かしてから、ぶっちゅうする。腰も超高速モードで、男をイかせる動きでぎゅうぎゅう締めつける。

「ん、くっ……！」

どうした、ジジイ？　顔が赤いぞ、血圧に来たか？

「ガキが」

おじいちゃんは体を起こして、対面の座位ってやつになる。

下から腰をゴンゴン突き上げてくる。あたしは前後に腰を揺すって、チンポとマンコをごりごり擦りっこする。

「んっ、はっ、やば、すごい、いいっ、けど、まだまだっ」

「おまえも、んっ、すげぇぞっ、ん、いい女だっ」

このじいさん、マジで気持ちよくて、どっか連れてかれたい気分にもなっちゃうけど、いやいや、こんなチャラジジイに騙されたりはしない。あたしには憧れのおじさまもいるの。これはビジネスセックスだからね。

おじいちゃんは、あたしの髪に手を入れて、引き寄せてキスをする。

そのキスは、ちょっとマジで蕩けるような優しさ。

「そうだな。女もお宝も魔王も、簡単に落とせるようじゃつまんねえ」

じっくり時間をかけてモノにしてやるよ。おじいちゃんはそう言って、あたしの頭を撫でる。

「俺たちはまだ若いんだからな」

爆笑して、キスして、腰を振る。

おじいちゃんは、あたしが甘えれば甘えさせてくれたし、攻める気になったらいくらでも受けてくれた。

あたしが我慢できなくて「イク」って言ったら、耳元で「俺もだ」ってささやく。

こんなに優しいセックスは初めて。包容力やばい。

「ハル。おまえ、最高の女だぜ」

でもやっぱりこういう余計なこと言うんだよなと思いながら、おじいちゃんの腕の中であたしはイッた。


「――俺の名はウィッジクラフト」

あたしに背中を向けて、ジャケットに腕を通しながらおじいちゃんは言う。

「職業は何でも屋だ。このへんで自警団ごっこしてるときもあれば、森に何ヶ月も行ってるときもある。たま～に闘技場で暴れたりもな。普段は広場近くの酒場で仲間とバカやってるから、いつでも遊びに来たらいい。歓迎するぜ。もしも、おまえがその気になったらな」

と、首だけで振り向く。

また口説こうったってそうはいかねえぞと構えたけど、おじいちゃんの……ウィッジさんの目に、変な色気はなかった。

「もしもおまえが魔王の野郎を殺る気になったら、声かけてくれ。俺たちが必ずおまえをそこまで連れて行く。ただし、おまえがもしもあっちに手を貸すっていうなら、そのときはわかってるよな？」

軽く「じゃあな」と手を振って、ウィッジさんは出て行った。

ピリッとした空気が一緒に出て行って、あたしは「ふはー」と息を吐く。

なんだジジイ。脅かすな。つーか、なんであたしが魔王退治なんかに行かなきゃならないんだ。

そういうのは男の仕事なんでしょ。こっちのルール第一条で。

でも、まあ、そういうのぶち壊したい気持ちもないわけじゃないし、森の向こうってどうなってるのか気にはなるけど。

今は無理。だって、これからちょっとあたしも忙しいんもん。

マンコ開いて、スキネ草と一緒にザーメンを掻き出す。

頭の中に、いつものうざいファンファーレが鳴り響く。

――ハルはレベル三八七になった！

――スキル『サバイバル』、『トラッキング』、『ダブル・ブレード』を手に入れた！

「よっと」

シャワーを浴びて、酒場へ続く階段を降りていく。

今日もたくさんのお客さんが、女の子たちに会いにやってくる。

＊

それからの日々はずっといつもどおり。平和な毎日が続いてあたしはちょっと退屈している。

なんて、そんなわけがない。

今日も異世界であたしは戦っている。昼下がりの商店街、濃い匂いの飛び交う人通りの多い場所で、あたしたちは周りの視線を集めながら薫り高いお茶を楽しんでいた。

楽しんではいるが、ここはあたしたちの戦場だった。

「でも、慣れてきたらあんまり気にならなくなるね」

「でしょ〜？」

ルペちゃんは、最初の頃の緊張もそろそろなくなったようで、リラックスした様子でお茶を堪能している。

シクラソさんといつも三人でご飯食べたりお茶したりしていた店の前のベンチは、新しく入ってきた子たちに譲った。

先輩であるあたしたちは、新たなるステージを求めて街に出た。そして見つけたのだ。

相撲部の実家を。

見つけたというよりも思い出したという感じだが、あたしたちの『スモーブ食堂カフェ化計画』は順調に進んでいた。

店の前にテラス席を作り、そこで食事する。女だけで外食なんてはしたないと言われようが、かまうものか。堂々と食ってやる。女子だって楽しむ権利はあるのだ。

最初は「やめようよぉ」と及び腰だったルペちゃんだったけど、ちゃんとした店の料理と、おっさんどもに気遣いのいらない自由な会話は、彼女を古き因習から解放してくれたようだった。

「若い男の子を眺められるのもいいな」

見られることに慣れてきて、客や通りの男の品定めをする余裕も生まれてきた。

残念ながら店員にイケメンなんていないけど、あたしたちが通うようになってから厨房に立つようになった相撲部は、指示どおりにかわいいサラダやスイーツなんかも作れるようになってきて、最近はオリジナルで女子向けメニューなんかも考えられるようになっている。

鍛えれば鍛えるだけ無限にレベルアップする男だから、そのうち異世界初のパティシエになってくれるのかもしれないと期待してる。あの太い指でめっちゃかわいいケーキとか作るの、絶対女子にウケるはずだから他のお客さんも来てほしいな。

それに、あたしとルペちゃんだけじゃない。

女子が自由に外で食事できる社会になってほしいよねーとか言ったら、なんかすっごい感銘受けちゃった子も、あたしたちのメンバーにいる。

「どうもです。ハルさん、ルペさん」

「おー、キヨリー」

「おつかれ。今日も闘技場帰り？」

「はい。でも午前中はずっと仕事だったんで、Bランクの試合だけ見てました」

席について、慣れた感じでお茶とケーキを注文する。

千年に一人の美少女シスターキヨリが参加すると、街ゆく男の視線が一層濃くなる。特に若くて童貞っぽいヤツらの。だけど彼女は、そんなのまるで目に入らないようだ。

「強いなって人はたまにいるんですけど。だけど、熊とか虎とかそんな感じのおじさんばかりで。なかなか若い男っていないですねー」

「若い子いないかー」

「いないです。同い年か少し上くらいの人が希望なんですけど」

千葉と別れた彼女は絶賛パートナー募集中だ。

強いだけじゃなく、見た目も性格も重要だと彼女は言い始めた。

ぶっちゃけ、次はもっといい男と付き合いたいと、キヨリは考え出したのだ。

「童貞くさいのは、もう勘弁ですし」

「わかる〜」

結構言うようになったキヨリは、なんだか微笑ましかった。

あたしやルぺちゃんのアドバイスもすごく真面目に聞くし、時々鋭いツッコミも返してくるし。すっかり、あたしたちの大事なお茶友だちになった。

「早く森へ行きたいです」

「あー、そうか。私はあんまり知らないんだけど、パートナーがいないと女は行けないんだっけ?」

「そうなんですよ。クソですよね、冒険者ギルドって」

ただ最近はちょっとコイツあたしらの影響受けすぎかなって気もして、病院のお仕事とか教会活動とか大丈夫なのかしらって心配にもなるけど。

「でも、いざとなれば私には切り札がありますから」

そう言って、チラッとあたしに視線を向ける。

あたしは、そっち見ないでお茶を飲んでとぼける。秘密しゃべっちゃったの失敗だったかなぁ。変に期待されても困るなぁ。あたし、現代っ子だから野蛮なの嫌いだし〜。

「そういえばルぺちゃん。キヨリの元カレ、どう？」

「元カレ言わないでください。　そしてとぼけないでください」

「いいからいいから。知ってた？　千葉、最近はルぺちゃんと二階に行ってるんだよ。じっさい今どんな感じ？　迷惑かけてない？」

「ん〜、そうだなぁ」

ルぺちゃんは、少し考えるようにして、お茶をこくんと一口飲んで言う。

「確かに童貞くささはまだ抜けきらないけど、私はそんなにダメな子だとは思ってなくて。ハルちゃんもキヨリちゃんも、チバくんを育ててあげるつもりなかったからか、自分で工夫するってこと知らなかっただけだよね」

いつものゆったりとした口調で言う彼女に、思わず背すじが伸びた。

ふんわり微笑みを浮かべて、ルぺちゃんは続ける。

「私はまず教えてあげたよ。優しくしたり、叱ったり、甘やかしたり。ほんと時々はぶったりもして、それから泣くまで褒めてあげたりした。あとセックスの後はだいたい不機嫌になったふりして、何が悪かったのか自分で考えさせたかな。根は真面目だし、一つのことにハマれば熱心になる子なのはわかってたから。今じゃあの子も私のこと『ママ』って呼んで甘えてる。素直にはなったから、最近はちょっと放置の期間を設けて、自分でもっと工夫して私の気を引けるように様子見してるとこ。お金は持ってるし暇もあるようだから、いろいろ貢いでくれるよ。だけど、私って物より愛情が欲しい人だから。お店の前で土下座くらいできるようになったら、褒めてあげようかなって思ってるんだ。ふふっ」

飼ってる子犬のしつけ話みたいに、思い出し笑いしながら千葉の調教話をするルペちゃんに、キヨリもあんぐりと口を開けた。

あたしも最初にお仕事のこととかいろいろ教えてもらいながら、何度も驚かされたものだ。彼女の男に対する調教力とママ力には。

さすが年間売り上げ二位の女。マジ、リスペクトしてます。

「あ、あのっ！」

冷めてきたお茶をそろそろ飲み干して店を出ようかなと思ってたときに、突然、あたしたちのテーブルに近づいてくる女の子たちがいた。

キリッとした顔して、髪を編み込んだ真面目そうな子。その後ろに隠れるように顔を出してるショートの子。二人とも学生さんなのか、胸に数冊の本を抱えるようにして、みるみる真っ赤になっていった。

「わ、私たちも、その、同席……させて、もらえませんか……？」

あたしとルぺちゃんとキヨリは、互いの顔を見合わせて、内心の喜びを共有する。

「いいよ。一緒にお茶しよっか？」

今日もあたしたち女の子は、男尊&女卑の好奇な視線の集まる中、優雅に堂々とお茶を楽しみ戦い続ける。

おいしいケーキも食べて、友だちも増やして、男の話をするときもあれば、真面目な話なんかもしちゃうし、時々ちょっとお下品なジョークをぶっ込んで、お腹を抱えて笑ったりもしてるんで、おしゃべりしたい子はいつでもどーぞっ。

おわり

# 後日譚：春きより

近況報告っていうか、あれから特に変わったこともないんだけど一応。

まず誰も興味なさそうな千葉のことから言うと、無事にルぺちゃんの下僕その八くらいにはなれたみたいで、よく彼女の足元で土下座しているとこ見かける。

ルぺちゃんは相変わらず店の売り上げ二位をキープしていて、うちのツートップまじ強いし敵わねえよって感じ。

マダムも最近ルぺちゃんにお店のこととか教えてるみたいで、たぶんだけどネクストマダムに選ばれてんじゃないかと思われ（本人は「そんなことないよ～」とほわほわしてるが）、あたしらルぺちゃんのこと「ママ」って呼ぶ日は近いなって感じ。

スモーブも相変わらず太ってる。

身もお金も太いお客さんとして足繁く貢いでくれてるんだけど、最近はあたしたちもすっかりスモーブ食堂の常連になってしまってるので、商売的にお互い様でwin－win な関係だ。

あたしに気があるのは今もそうみたいだけど、それよりも料理自体にハマりつつあるらしく、真剣な顔してちまちましたケーキ作ってるときはちょっと格好よく見えないこともない。スキル『レベル無制限』で、料理もエッチも覚えた分だけレベルアップを続ける彼は意外なテクニシャンになりつつもあり、ちょっとは自信もついたのかなって感じする。

近頃は「やせれば意外とイケメンだと思う」って、ルペちゃんまで言ってたりしてるし。

もしスモーブがやせたら、案外本物のジェイソウルに……？

いやいやないわ。ないから！　スモーブはスモーブなの！

あの子はあれなの。ちゃんこ体型で小っちゃいケーキ作るところが売りなんだから、ダイエット禁止でよろしく。

あ、ウィッジさんもあれからよく来るよ。

あたしを口説きたいのは変わらないみたいで、「一緒に暮らそう」とか「森へ連れて行く」とか、めっちゃスケベしながらささやいてくる。そういうとき蕩けそうになってるから「やベー」って感じになるけど、あのジジイ、普通に別の嬢も抱いてるし同じようなこと言ってるらしいので、もうほっとけと思ってる。

そりゃまあ渋いし気前いいし声もエロいし、あと三十才いや二十才若かったとしたら転んでたかもしれないけど……。

いや、ダメだ。どうせあの人、若かったら今以上にチャラかったに決まってる。こないだちょっとウィッジさんの行きつけの酒場にも連れてってもらったけど、あの人の友だちも変人だらけだったし、いろんな女の人とイチャついてたし。

あ、そうそう。

キヨリともしょっちゅうお茶しているし相変わらずだよ。

なんかBランクの若い冒険者に目をつけたらしくて、今度は慎重に探り入れてるらしい。まあ、彼女も千年級の美少女だから向こうは簡単にその気になってるぽいけど、キヨリ的にはもう少し慎重に行きたいそうだからそんなに進展してないみたい。

キヨリいわく、「恋も冒険も最初の一歩でつまずいた」から「次は準備万端で挑む」らしい。

そうやって無駄に力入っちゃうとこが危なっかしいってゆってるんだけどね～。でもキヨリならいつか叶えると思うよ。なんせあの子は顔がいいから。

本当に相変わらずばっかりの報告でつまんないな。

たまには変化もないといけないなって思ってるんだけど、変わったことがないんだから仕方ない。

銀髪のおじさんが姿を見せなくなってから、あたしの気持ちもずっとここに止まったままだから。

雨が降る夜はいつも窓の向こうが気になり、街の灯りのどこかにあの人の姿を探してる。

お店にいればまたいつか会えると思ってたけど、そんな期待はできないみたいだ。

次はおまえが俺のところに来いって、あの人はそう言っていた。どこに住んでいるのかも教えてくれなかったくせに。

この街にはいないのかもしれない。鷹みたいに鋭いあの瞳を、どこか別の場所で感じたことがあったような気がしてる。

ひょっとして、あのときあの場所に彼はいたのかもしれない。

あたしに会いに来いって言葉が、もしもそういう意味だったとしたら――

――そういえば、あたし、お店の売り上げ三位になったよ。

＊

ところで最近、ハルさんの様子がおかしいことに気づいているのは私だけではないと思います。キヨリです。

こうしてお茶しているときも、ふと会話が途切れてみんなでボーッとしちゃうのはよくあることなんですが、そういうときいつも次の話題を見つけてくるハルさんが、そのままどこか遠いとこへ行きっぱなしになってることが増えました。

なんだかちょっと、その憂《うれ》いを帯びた横顔を見ていると大人っぽいというか。もちろん娼婦のお仕事をしているんだから本気を出せば私なんかより色っぽいし大人っぽいのも当然なんですけど、ハルさんといえば下品なこと言ってゲラゲラ笑ってガツガツ食べる人っていう印象のほうが強いので、なんだか違う女の子のように思えるんです。

ここじゃないどこかを見てるんだろうかって、現在目の前にいる人間としては寂しくなってしまうんです。

ルペさんに目で合図を送ってみます。彼女はにっこりと微笑むと、カップのふちをなぞってかわいらしい仕草で手を上げます。

「スモーブさーん。私たちにお茶のおかわりください！」

「は、はいっ」

スモーブさんが大きな体を揺すって、可愛いティーポットを運んできます。これ、彼がずいぶん苦労して探してきたそうです。ハルさんの好みに合わせて。ハルさんのことが大好きな人なので。

ハルさんも床の振動で意識を取り戻したのか、自分の役割を思い出し、「このお茶おいしいね～」とスモーブさんの腕に触れて微笑みかけます。

真っ赤になったスモーブさんはモゴモゴと遠慮がちに笑い、「こ、これくらい、いくらでもどうぞ」と勢いでお茶のおかわりを無料にしてくれました。

「いひひっ、ありがとー」

ハルさんは、いえ、そういう言い方は卑怯ですね。〝私たち〟はちゃっかりと彼の好意に便乗して、今日もただ茶の三杯目です。商売はお互い様だとハルさんは言いますが、上がりとしてはかなりの不公平が生じていると思います。

「ハルさん、何かあったんですか？」

私は幅広くふんわりとした質問をハルさんに投げかけます。

一瞬、ちょっと面倒そうな顔を彼女はしました。でも本当に、それは一瞬です。

「なんか？　んー、何もないのがつらいな～。いいこと欲しいよルぺちゃ～ん」

「え、こないだ売り上げ三位になったじゃない。ハルちゃんならいつかここまで来ると信じてたよ～」

「えー、ありがとー。ルぺパイセンのおかげっす～」

「私が抜かれるのも時間の問題だなぁ……」

「やだー！　あたし絶対、ルぺちゃんと同着二位でがんばる～。てか、まだまだ倍近く差もあるのに無理～！」

「ふふっ。じゃあ、もっともっと売らなきゃね、ハルちゃん？」

「出た、ネクストマダム～」

「違うから～」

ハルさんとルぺさんはこういう大雑把な振りもちゃんと回して会話を広げられるので、そういうとこに夜の仕事してる人たちのすごさを感じます。私なら何もないときは「ない」で終わりますからね。

でも私も慣れましたので、もうそんな手ではごまかされません。

私は、ハルさんいわく「面倒なところ」があるらしいです。彼女が面倒に思うときって、聞かれたくないことを探られたときなんだってことも知ってるんです。

だとしたら私って本当に面倒な女だろうなって自分でも思いますが、でも知りたいです。知るのが怖いけど。

「ひょっとして、そろそろ違うところへ行こうとか考えてませんか？」

前にちょっと聞いてた気がします。売り上げ三位がハルさんの目標って。

そのときは「ふうん」くらいに思ってましたが、でも三位ってなんでしょうか。一位じゃなくてルぺさんの下でいいって、手頃な目安って感じがしませんか。

自分の仕事に一区切りつけるための。

「……なーによ。違う場所ってどこよ？　あたしの行ける場所なんてここしかないじゃーん」

ちょっとだけ眉を上げたあとハルさんは笑いました。ルぺさんの視線が外を向いて、会話から離れるのがわかりました。

そこに踏み込むなら一人でやれって意味だと思います。私の責任で。

テーブルの上で、私は拳を握ります。

「どこだって行けるじゃないですか、ハルさんは。縛るものなんてないじゃないですか。自由で、強くて、明るくて。どこでだって生きていける人でしょう。ここに飽きてきたんじゃないですか？　もっと違う場所へ行きたくなってるんじゃないですか？　正直に言ってください」

ハルさんは、ふぅ、とため息をつきました。

それから「キヨリも本当ハッキリしゃべるようになったよね」と半ばあきれるように、半ば面白がるように言いました。

おかげさまです、ハルさん。

「ウィッジクラフトさんっているでしょ。前に紹介したスケベOKINA。あの人たちと森に行ってきた」

意外な答えに、私と、そしてルペさんも目を丸くしました。

彼女もハルさんの心ここにあらずには前から気づいていたはずですが、まさか魔物の巣窟まで心が行ってるとは思わなかったのでしょう。私もです。

といいますか、どうして私を連れてってくれないのでしょうか。めちゃくちゃ行きたいとさんざん主張してきましたのに。

「どこか遠くに行きたいわけじゃないよ。だけど、どうしても気になることあってね。それを確かめるために、ちょっとお出かけはしようかなって感じ」

「私も行きます」

「いや、キヨリが行きたいのももちろん知ってるけど。でも、あたしらが使ってるのは軍の許可した正規ルートじゃないんだ。あたしはシスターじゃないからね。だからキヨリは連れていけないの。黙っててゴメンゴメン」

「そんなルートがあるなら私もそっちでいいです。連れてってください。私はハルさんと行きたい」

「ダメ。めっちゃ危険だし、あんたは連れていけない」

「どうしてですか？　頼りなく見えるかもしれませんが、私だって教会から天使名をいただいたシスターです。戦うことはできなくても、回復魔法で皆さんを助けることぐらいできます。聖結界だって――」

「そうじゃなくて、もっと根本的に無理っていうか。回復魔法なんて使ってるヒマもなくて、やられたら即死ぬ場所なの。めっちゃサバイバルだからおすすめできないんだよね」

「死ぬのが怖いんだったら、最初から冒険なんて志願しません。私は自分の力で世界を広げたい。世界で一番森の深くまで進んだチームになって、世の女性たちに勇気を与えたい。

できればハルさんと二人で一番になって、女だってやればできるってことを世界中に見せてやりたいんです！」

「キョリって、そんな野望家だったっけ……？」

おかげさまです、ハルさん。

あなたを見ていたら私にも欲ってものがでてきました。

勇気だってあるつもりです。

「でもね、キョリ。森に女の栄光なんてないよ。もっとグチョグチョしてドロドロして気持ち悪い場所だった。なんていうか……あそこは何かを成し遂げるって感じじゃないし、こっち側で何か夢とか目標とか見つけたほうがキラキラした人生かなってあたしは思う」

「でもハルさんは実際に行ってるじゃないですか。私だって見もしないで諦めるなんてバカなことできないですよ」

「キョリが考えてるようなとこと違うって言ってるの。あそこは魔物の暴れる場所だけど、それ以前にこっちの世界のルールが通用しない場所だよ。わかる？　兵隊さんも役所も一般市民もいない。つまりね」

男たちの無法地帯だよ。と、眉をひそめてハルさんは言います。

私は、だからどうしたと言わんばかりに口を結んで彼女と睨み合いました。

「あ、あの。ちょっといい？　どうしてハルちゃんがそんな危険な場所へ行かないといけないの……？」

気がついたら結構話が込み入ってしまい、ハルさんの正体を知らないルペさんの前でいろいろと暴露しそうになっていました。

ハルさんは、「あー」と笑って両手を合わせます。

「ルペちゃん、ごめーん。ちょっと秘密の冒険してるの。長くなりそうなときはちゃんと休み取って行くから、マダムにはナイショにして？」

「ハルさん、あとで――」

「はい、この話はしゅーりょー。ちゃんと質問には答えたんだから、キヨリもこれ以上面倒なこと言わないで」

ルペさんもまだ何か言いたそうにしているけど、ハルさんは私たちの視線を無視して通りを眺めます。

横顔の壁。

異世界を知る彼女の瞳が遠くを見るとき、私たちの目ではそこに追いつけないんです。すごく寂しいです。ハルさんは、私たちのそんな気持ちをわかってくれないから。

「……そういえばお客さんに聞いたんだけど。森にはおちんちんの形したモンスターが出るんだって？」

「え、なにそれっ。あたし聞いたことない、マジで？」

「ダキマクの木にへこっへこって体を擦りつけて、頭から白いの出すって。童貞モンスターだよ」

「うひゃひゃひゃひゃっ。なにそれウケるっ。見つけたら手コキしてやる！」

本当くだらない話が好きですよね。私は、ルぺさんみたいにハルさんのつれない態度も受け止められる余裕なんてないし、モヤモヤするだけです。

ハルさんは、元の世界のことを聞いても教えてくれないし、神様がどんな人だったのかも教えてくれません。その上、今やりたいことも教えてくれないんだったら、私たちの友だち甲斐というものが、なんだか空振りしてしまっている気になります。

そうやって、いつかフッと彼女が帰ってこなくなるんじゃないかって、そんな寂しい想像もしてしまいます。

こんな気持ちわからないんでしょうか。それとも、やっぱりハルさんにとっては私たちなんて。

「帰ります」

お茶代を置いて先に店を出ました。

ケーキを持ってこようとしていたスモーブさんにも、私の分はキャンセルさせていただきました。

最近、イライラすることが多くなった気がします。

*

だけど男の前では愛想よくが基本だとルペさんに教わっているので、気分が乗らなくとも無理して微笑んでいます。キヨリです。

「あなたと一緒だと、なんでもおいしく感じますね」

脂ぎって量も多すぎる肉料理を勝手に注文されたというのに、クソみたいな媚びゼリフだって言えます。

よどみなく会話を弾ませるのは無理でも、要所でこういうかわいいことを言っておけば男は大丈夫だと、これもあの人たちが教えてくれましたので。

照れくさそうに微笑みを浮かべる彼の名はキラックさんといいます。Bランクの冒険者で五つ年上の方です。

まだ彼氏というほどの仲でもないのですが、試合を応援させていただいたり（賭けはしていません）、時々お茶をしてお話ししたりと親しくさせていただいてます。

ここ数日は、なんだかよくわからない理由で彼に褒められたり慰められたりして頭とか肩とか撫でられることも増えました。紅のエンドレスレインさんを参考に考えるなら、そろそろ本格的な体の関係を求められる頃だと思います。

ですが、ルぺさんはともかくハルさんは「すぐやらせんなよ」と反対しています。したいと自分が思えないならしなくていいと。

でもそんなことを言われても、「男としたい」と思えるときが自分にもあるような気がしませんし、逆に男性はそういうのを拒む女を相手にするように思えません。

キラックさんは顔は普通だけど若くしてランクもBだし派手な格好をしているし、女性にはモテるようです。たまに他のシスターからもパートナー関係を求められていることも匂わせています。

つまり私にも競争相手がいるんです。品定めされているんです。

なので彼に森へ連れてってもらうためには、他のシスターよりも私に興味を持ってもらうしかありません。求められるなら体を許すのも仕方ないと思ってます。ハルさんが森に連れて行ってくれるのならそんなことをする必要もないんでしょうけど。

ハルさんみたいに特別な力をもらえた人には、わからない話ですよね。私たちは森の入り口に立つまでにもこのようなバトルに勝たないといけません。女は常に男から選別される立場なんです。

でも彼のことももちろん嫌いではないですし、強くて冒険でも頼れる彼氏が欲しいと常日頃から愚痴ってきた手前、ここで引くつもりはありません。

「えっと、天気も悪くなりそうだし俺の部屋行く？」

青空の下で彼はモゴモゴと呟きます。私はもちろん「はい」とお答えしました。

必要だからするだけです。

後悔なんて、するわけもないです。

＊

めっちゃくちゃ乳首ばっかり吸われて早くも心が折れそうです。キヨリです。

最初のうちは気持ちよさげな声も出せていたのですが、ぢゅうぢゅうとアブのように吸われるものだから痛いしイライラするしで、「んー」と半分抗議の声をあげているのですが、なぜかそれすら私が喘いでいると思っているらしく、さらに乳房を握りしめてそこにも口づけの痕を付けていきます。

「んっ、やっ」

思わず嫌と言ってしまいました。しかし、彼には聞こえなかったのか、あるいは別の意味に解釈されてしまったのか、ますます息を荒くして私の肌に吸い付いてきます。

「胸だけでそんなに感じてるのか。初めてのくせに」

どうして男と女はこんなにもわかり合えない存在なのでしょうか。「そんなこと言わないでください」と私がお願いしても、なぜかキラックさんはますます嬉しそうに俺のテクニックがどうのと言っています。

「んっ、んんっ」

あそこを触ってきたと思ったら、いきなり指を入れてきます。乾いてるところを擦られて痛いのですが、奥のほうまで無理やり入ってきて、「もう濡れてるじゃん」ってキラックさんは言います。

自分ではそんな感じはしませんし「わかりません」と答えると、「俺に任せてたら大丈夫」とキラックさんはスキネ草を取りだして指に載せます。

「最初は痛いけどすぐに気持ちよくなるから」

そう言って指を二本入れてきます。それは本当に痛くて許してほしいと言ったのですが、「じゃあスキネ無しにする？」と言われて、そのほうがもっと嫌なので我慢しました。

「スキネ無しのほうが女は感じるっていうよ。ま、そのうちね」

そんなのも絶対にウソだし嫌ですけど。

でも、もしこの人が私をパートナーに選んでくれるのなら、そのうち本気でスキネ無しを求められるのかもしれません。それだけはなんとか許してもらわないと。

あとなんとなくですが、こんなときに思い出すのは失礼かもしれませんけど、紅のエンドレスレインさんは終始死んだ魚のように横たわっているのが主で、そっちのほうがこちらでいろいろ準備もできて平和だったような気がします。

キラックさんは、自分から女の体を弄《いじ》るのがお好きなようですが、全然気持ちよくならないというか、パンのようにこねられてるだけです。これも関係が続くようなら、もう少し優しく触っていただけるように機会を見つけてお願いしないと。

ハルさんやルぺさんは、本当に大変なお仕事をされているとわかりました。

「はぁ、はぁ、キヨリちゃんも、すぐに俺のチンポに夢中になると思うよ。こんなにスケべな体をして初めてだなんて……俺が優しく教えてやるからね」

キラックさんのが無理やり入ってきました。スキネ草のおかげで少しは滑りもよくなっていましたが、それでも擦られる痛みはありました。

「ん、うぅ……」

「どう？　痛い？」

「え、いえ、大丈夫です……」

「我慢しなくていいよ。ゆっくり動くから」

動くんですね。私は少し膝を開いてキラックさんが動きやすい体勢を作りました。

小刻みに、奥をぐりぐりと押し込むように彼は腰を使います。ゆっくりという感じではなく、腕立て伏せみたいに、とにかく体全部を私に打ちつけるように。

「はぁっ、はぁっ」

そりゃ疲れると思います。私も最初は紅のエンドレスレインさんに上に乗って腰を振れと言われて、大変苦労した思い出があります。

「あ、あの、そんなにがんばらなくとも……」

「いいからっ、俺に、任せてれば、あぁっ、痛いっ？　まだ痛い？」

正直に言うと、痛いし重いです。ですがこんなにがんばっている人にそんなことは言えません。

だから痛くないと言いました。すると「気持ちいい？」と今度は聞いてきました。

どうしてその二択しかないのかわかりませんけど、「気持ちいいです」と私は言いました。そのほうが彼が喜ぶと思ったからです。

「は？　本当に処女なの？」

すると逆に、キラックさんは不機嫌になりました。

わけがわからなくて、私は「ごめんなさい」と謝りました。

「ちょ、ちょっと待って。マジで？　男は初めてじゃないの？」

さっきからキラックさんはそのようなことを言っていましたが、私は「彼とは」初めてという意味だと思ってましたので、わざわざ否定したりはしませんでした。そんなことをどうして確認するんだろうとは思ってましたが。

キラックさんはベッドが軋むほど腰の動きを速くしていきます。まるで私を責めているみたいで、なんだか余計に苦しいです。

「あっ、あっ、くそっ、なんだよ、それっ。俺は聞いてねーし！　うぅっ、う…ッ！」

そしてキラックさんは、いきなり私の中に射精すると「どうしてだ」って怒りました。

「俺が初めての男だと思ったから抱いてやったのにっ。てかシスターなんだから処女に決まってんだろ、フッー！」

彼は怒りながら下着を穿きました。どうしていいかわからず、私も自分のシスター服をかき集めて抱きました。

「あ、あの、どうして怒ってらっしゃるんですか？」

「どうしておまえは非処女なんだって話だよ！」

どうしてと言われましても、私にも私の人生があったとしか。

非、なんて付けられるほどのことはしてないつもりですが。

「こんなひでぇ騙され方したら普通怒るだろ！　詐欺だろ、詐欺っ。おまえにこれまでいくら使ってきたと思ってんだよっ。くそっ。出てけよ、ヤリマン！　二度と顔を見せるなっ！」

「えっ、あのっ、待ってくださいっ、そんな…ッ！」

ほとんど服を着ていないのに、外に出されてしまいました。急いで物陰に隠れて服を着て、そのまま少し泣きました。

どうしてこんなひどいことをされるのかわかりません。おそらくまたどこかで失敗してしまったんだと思います。

ハルさんいわく「面倒な女」の私は、知らず知らず他人をイライラさせてしまうことはよくあるので。

私が悪いのかもしれませんので。

＊

「……そっか。若い男の人は潔癖だもんね」

「潔癖、ですか？　お部屋は結構汚かったですけど」

「じゃなくて、処女が好きってこと。前に男がいたりすると、それだけでダメって人も多いんだ」

ルペさんにフラれたらしいことを報告すると、さっそく原因を解明してくれました。

男の人は女の初めての相手になるのが嬉しいものだそうです。特に若い男性やお年寄りに多いそうです。

娼館にもなぜか処女が好きなお客さんも来るらしく、童顔のルペさんはたまに「処女のふりしてくれ」って言われるらしいですが、その人たちに人気の職業もシスターだっていう話です。

いろいろと今日初めて知ったキヨリです。

「可愛らしい制服を着て、真面目そうで、ウブそうだから処女っていう印象があるみたいだよ」

「そうなんですか？　他のシスターの子も彼氏のいる人のほうが多いですけど。あと基本、みんな外面はよくても裏では結構きついですし」

「それでもモテるもんね。服装もしゃべり方も清純だもん。売り方がいいんだよ」

よくわかりません。

人気があるなら、それだけ彼氏のいる子も多いと思わないんでしょうか。

「だからキヨリちゃんは全然悪くないよ。相手がガキだっただけ。あーあ。私のお客だったら、二度と非処女なんて生意気言わせないくらい豚調教してあげたのにね？」

茶目っ気あふれる可愛らしい笑顔で言うルペさんに、私はひきつった笑みで返します。

彼女の童顔と調教力の不一致性に私はまだ慣れていません。

でも、嬉しいです。

私にも、こんなとき一緒になって愚痴ってくれる友だちがいるんですから。

一人足りませんけど。

「……ハルちゃんは、しばらくお店休むって」

ルペさんは、少し言いづらそうにして笑います。

その件で、前に嫌な感じで席を立ってしまったことを謝り、気になっていたことを彼女に聞きました。

「ルペさんは、ハルさんがいなくなったらどうしようとか考えたりしないんですか？」

私は考えてしまいます。

彼女に過剰な期待をしすぎなのは自覚していますけど、それでも私をいろいろと啓蒙してくれた存在ですし、ハッキリ言って尊敬してしまってますし、なにしろ神様の選んだ勇者ですし。

いなくなられたら世界の存亡も軽くやばいって気がしてます。それ以上に、私は寂しくて死にたくなると思います。

ルペさんは、おそらくは青い顔をして真剣に言う私に若干引いてから、「そうだね」と微笑みます。

「私もたぶんすごく泣くよ。わんわん泣く。でもその日のうちにお客さんに笑って抱かれると思う。そんでお客さんの前で演技しているうちに、悲しかった気持ちも忘れちゃうの。そういうのいくつも経験してきたからわかるんだ。私なんて、初めての男の顔も思い出せないんだよ」

……自分のバカさ加減が本当に嫌になりました。

私は、「こうなったら悲しい」とか「嫌だ」とか、自分の感情の心配ばかりしてました。

シクラソさんという友人を亡くしたばかりの彼女に、無神経なことを聞いてしまいました。

「だから、もしもそんな日が来たら、キヨリちゃんには私の代わりに思いっきり悲しがったり文句言ったりしてほしいな。私は、それを慰めたり愚痴を聞いたりする係をやるから」

そう言ってルペさんは、いつものように柔らかい表情で言います。

「そういうことをいつまでも忘れないでハッキリ言ってくれる友だちって、私にはキヨリちゃんだけだもん。あなたはどこにも行かないでね？」

ハルさんがこの人のことを尊敬してやまないっていう気持ちわかりました。

もう、ルペさんにだったら豚調教されてもいいです。

「お、おまたせしました」

スモーブさんが、かわいらしいケーキを持ってきてくれました。

春の新作ケーキだそうです。こないだは、せっかくのケーキをキャンセルしてしまったことを思い出してお詫びしました。

「い、いえ」

スモーブさんは、いつものように気弱に笑うだけで、怒ったりはしませんでした。

ハルさんやルペさんから彼の武勇伝は聞いたことがあるのですが、おっかないギルド長の息子に刃向かえるような人にはとても見えません。

ケーキはとてもおいしかったですが。

＊

教会には週に一度、顔を出して祈りを捧げています。最近では病院の仕事もいろいろ押しつけられて忙しくなっていますし、パートナー探しもまた一からですし、しばらく来られないかもですので、ちょっと長めに祈っておきます。

神様、私に仕事運を。

などと自分のことを祈ってしまうのはルール違反なのでやりませんが。

「キヨリ、最近どう？」

シスター仲間のハスパーさんが、お友だちを連れて声をかけてくださいました。「ぼちぼちです」と、適当気味に答えます。

ハスパーさんは、私の回答に少し意外そうに眉を上げました。

正直に言うと、どうして私に声をかけてきたのかわかりません。彼女とそのお友だちは、ハッキリ申し上げると私のことを嫌っているはずですので。

誤解ないように付け加えますと、私はなぜかシスター仲間のほとんどに嫌われているので、おそらく彼女たちではなく私が悪いんです。面倒な女ですので。

「へー。またモゴモゴと真面目に仕事の話をするかと思ったら、ちょっと変わったね。もしかして男と寝たから？」

「キヨリの真面目ぶりっ子も卒業か。さんざん一人でモテまくったんだから、相当いい男とやったんでしょうね？」

「やりまくりじゃないの～？　あははっ、その顔と胸で男なんてイチコロだもんね～」

何のことでしょうか。すごく嫌な感じです。

彼女たちに何かをした覚えはないし、こうもあからさまに絡まれるとさすがに嫌われる理由くらいは教えてほしいところですが、前に聞いても「鏡に聞け」っていう適当な返事しかもらえなかったので諦めてます。

「失礼します」

とりあえず頭を下げとけばいいでしょう。それで今日はもう帰らせてもらおうと思ったのですが、ハスパーさんはさらに呼び止めて言います。

「キヨリ、森へ行きたいんだって？」

思わず振り返ってました。

ハスパーさんたちは、とっくにパートナーという名の彼氏を作って森に行っている先輩です。とは言っても、平和や探検のためではないことも知っています。

シスター仲間のお友だちと、彼氏の冒険者友だち同士で何組もカップルを作って遊びに行っているだけです。羽目を外しに。あまりお近づきにならないほうがよさそうです。

だけど、ハスパーさんは意外なことを言いました。

「じつは、キラックさんって私たちの友だちなんだよね」

「彼、もう一度あなたに会いたいって言ってるよ〜」

「私たち、伝言頼まれたんだよね。キヨリをパートナーにして森へ連れてってもいいって。どうする？」

どうすると言われましても、正直キラックさんに対する信用度はかなり低くなってるのですが。

でも非処女シスターになってしまった私は、この先もっとパートナー探しが厳しくなっていくのは間違いないところですし。

何より、早くしないとハルさんに追いつくどころではなくなってしまいます。そちらは本当に私にとっては切実な問題なんです。

「い、行きたいですっ。森に私の友だちが行ってるんです！」

拳を握って切実な想いを訴える私に、ハスパーさんたちはニヤリと笑って「あー、そう」と頷きます。

「心配しないでー。私たちも一緒に行くから」

この人たちと一緒にっていうのにますます不安をあおられますが、いよいよ冒険に行けるっていうことに前向きな期待を抱こうと思う、キョリなのでした。

＊

冒険者ギルドの登録は思ってたよりも簡単に済んでしまいました。

というか窓口のおじいさんはろくに書類も見てない感じで、キラックさんたちが「ジジイ早くしろよ」と失礼にも急かす中、いい加減に許可証の印を押して私に寄越しました。

え、こんなあっさりしたものだったんですか。

でも確かに許可証には私の名前が書いてあります。キョリです。

念願の許可証なのですが感慨に浸るヒマもなく、また初めて越える冒険者のラインを踏む感動を味わうこともなく、手を引っ張られるように私は森の中へ踏み込みます。

入り口は松明《たいまつ》がいくつも立って明るかったのですが、その奥には暗闇が続いて吸い込まれそうな恐怖を感じます。

これが魔物の森。この先にきっとハルさんが。

「あー、そっちは本気の奴らが行くとこ」

「今日の俺らは女連れだからこっちな」

だけど彼らは私を脇道へ連れて行こうとします。そっちもそっちで暗いのですが、なんだかもっと嫌な感じがします。

「待ってください。私はこちらへ行きたいです。大丈夫です、しっかり聖具も聖水も持ってきてますし、浄《きよ》めも受けて神聖力もいっぱいにしてきました」

「いや本気かよ。ウケる」

「そういうのいいじゃん、今日は酒もあるから楽しもうぜ」

「い、いけませんっ。神に仕えるシスターは飲酒を禁じられています」

「おいおい女子～。この子、なんか言ってるけど」

「キョリ、空気読めー。今さら真面目ぶってもしらけるだけだろ」

「楽しもう、非処女のキョリ！」

「待ってください、楽しむってなんですか。私たちシスターは神の御力で冒険者さんたちと協力しあって危険な魔物を――」

「はいはい、協力協力～。協力して合体しよ！」

狭い道を抜けると、やや広い場所に出ます。

あちこちにお酒のビンや食べ残しが転がって、なぜか靴とか服なんかも捨てられていて、変な匂いがします。私はそこに座らされ、お酒をすすめられました。ハスパーさんたちは自分から飲んでました。

別に他の人がお酒を飲んでいたところで私は怒ったりはしません。だけどシスターがお酒を飲むのは信仰と力を鈍らせる愚かな行為です。

「やめなさい、ハスパーさんもみんなも！　私たちは神に仕える身ですよ！」

大きな声を出したら、皆さん驚いたように静まりかえりました。

そして、「はぁ」と盛大なため息が返ってきました。

「うぜえよ、キヨリ」

「あんたってなんでさぁ……すぐいい格好したがるの？」

「ちょっと人より顔がいいからって、調子に乗ってるっしょ」

「その顔でお淑《しと》やかにこしょこしょって真面目なこと言ってれば大正義だもんね。上からも男からも気に入られてかわいがられるんだもんね」

「そんで非処女と。やることやって楽しんでるくせに聖女づらしてるのがムカつくんだよ！」

ハスパーさんたちが激昂する理由が、本当にわかりません。私は間違ったことなんて言ってませんのに。女子たちが決裂するのを見て、キラックさんたちはニヤニヤと笑います。

「おいハスパー。そろそろヤるか？」

ハスパーさんが、しばらく私を睨みつけてから、「ヤって」と言いました。

そうしたら、男の人たちが立ち上がって私を囲みました。

とても危険な空気を感じて逃げようと思いましたが、あっという間に押し倒され、その上に男たちが乗ってきます。

キラックさんが、ぎらぎらした目で私を見下ろしていました。

「自業自得だ、ブス。おまえに騙されたやつらの恨み、俺らがまとめて晴らしてやるよ」

お酒のビンを無理やり口の中へ入れられました。喉に焼けるような熱い液体が流し込まれ、むせてしまいました。

「おら、飲めっ。シスター、飲めよ！」

それなのに、強引に顔を押さえつけられ、お酒を流し込まれます。息が苦しくなって吐き出す私をみんなが笑いました。顔にも髪にもお酒をかけられました。

胸と喉が熱くて、死にそうなくらい苦しいです。なのに、頭がボーッとしてきて、舌がもつれて、命乞いをしようにも口が動きません。

「助け……む、胸が……」

「あ？　胸揉んでほしいの？」

「やっぱ、まじスケベだわコイツ。脱がせ脱がせ」

シスターの聖なる衣《ころも》が、男たちによって乱暴に引きちぎられます。

頭が朦朧としてきて、これから自分がされることがわかっていても抵抗する力が出てきません。下着を剝がされて足を広げられます。彼らはまた笑ってそこにお酒をかけて濡らしました。

「助けて……ハスパーさぁん……」

彼女たちは背を向けて、私の悪口を女子だけで話しています。「これは天罰」だとか「あいつが悪いから仕方ない」だとかそんなことを口早に繰り返しています。

私がいったい彼女たちに何をしたんでしょうか。これほどの仕打ちを受けるようなことを本当に私はしたんでしょうか。

誰かの手が私の胸を摑み、誰かの顔が私のあそこに近づきます。助けて、と私は喉を振り絞って言います。だけど、お酒でつぶれてしまったのか思うような大声も出せません。

せめて、スキネ草をしてくださいと泣いてお願いしました。だけど彼らはそれも笑いました。

「もうその気かよ。ウケる」

「さすがヤリマンキヨリ!」

「わりー。スキネ忘れちゃった。今日のとこはナシでいいっしょ?」

「たっぷり出してあげるから、キヨリちゃんも楽しもーねー」

絶望で、目の前が真っ暗になりました。

ここは魔物の森でした。

恐ろしいモンスターしか生きていけない場所でした。

ハルさん。助けてください、ハルさん。

「あ、あれ。やば。もしかしてリア充さんたちのパーティ会場？　俺、邪魔しちゃいました？」

そのとき、聞き覚えのある早口な声がしました。

暗闇からいきなり現れたのでみんな驚いてましたが、それ以上に彼のほうがビビりすぎというか、すごいキョドっておりました。

そう、紅のエンドレスレインさんです。

呼んだわけでもないのに、まさかの人が来てくれました。

男たちに組み敷かれている私を見て、「やべ、しかもヤリパじゃん」と慌てて後ずさり、地に手をついて――それは見事な土下座を披露してくださいました。現れて五秒もしないうちに。

こんな状況で、こんな感想を抱く余裕などないはずなのに、感心せざるを得ないほどそれは美しい土下座でした。

日常においていかに自分の土下座を見ていただけるかを研鑽し続けてきたからこそ成せる自然体の美しさ。

できることならこのまま教科書に載せて子どもたちにも教えてあげたいくらい完成され

た土下座を披露して、紅のエンドレスレインさんは、「ヤリパの邪魔をして申し訳ございません」と謝っておりました。

「く……紅、さん……そんなことよりも……」

「……え、まさかキヨリ？」

紅のエンドレスレインさんは、ようやく私に気づいて驚いていました。「マジかよ、噂の寝取られビデオレターとかいうやつの撮影でもしてたのかよ」と意味のわからないことまでおっしゃりました。

「いや待ってくれって。俺にはそんなのに感じる属性なんてないし、いきなりでマジ迷惑だし、でも、あれ、ちょっと待って、それはそれで、あれ、少しムズムズしてきた……いや違う、俺はそんな、元カノの乱交現場で土下座させられたくらいで興奮なんて……え、何これ。俺、本当にどうしちゃったの……？」

「た、助けてくださいっ、助けて……！」

「え？　いや、助けてほしいのは俺のほうなんだが？」

この人、本当にどこまでも空気読めないし人の話を聞かないしでイライラするんですけど、ひょっとしたら私はいま鏡を見ているのかもしれないと、こんなときなのに思い当たってしまって痛いです。すごく。

「なにコイツ、だっせ。土下座だってよ」

「あぁ、俺知ってる。Cランクの紅のエンドレスレインってやつだ。出始めの頃は勢いあったけど、最近見かけねーな」

「いるんだよな。才能だけはちょっとはあったかもしんねぇけど、努力しないから伸びないやつ」

「剣闘の世界をナメてるから埋もれてくんだよ。失せろ。てめえみたいなザコに用はねーし」

「ここにいるのは、Bランクの、あのキラックさんだよ。当然知ってるよな？　わかったら消えろ。うぜーよ」

男たちも紅のエンドレスレインさんを笑います。

私はくやしくて涙がこぼれます。

もういいから、あなただけでも逃げてください。

「は？」

紅のエンドレスレインさんは、気の抜けた声を出して顔を上げました。立ち上がって膝を払い、「なーんだ」と笑いました。

「Bランクザコボーイかよ。リア充様かと思って土下座して損したぜ、ったく。で、なに。この轟炎のレジェンドイノディエーター紅のジ・エンドレスレイン@サウザンド千葉Pさんの元カノに何してくれてんの、おまえら？」

急に態度を変えたと思ったら、轟炎のなんとかさんは剣を抜いて無造作に彼らに近づいていきました。

あれからもずっといろんな方の試合を観戦してきましたが、場外での男の人たちの戦いは初めて見ます。手加減のない世界。命がけの戦いです。

私は闘技場の紅のエンドレスレインさんを見て、素人なりにCランクにしては強い人だなと思って、ずっと追いかけてきました。

でも、それも本気ではなかったのだとわかりました。

戦いはすぐに決着がつきました。

なのに、まだ終わりません。彼らはとっくに剣を握る力も戦意も失っているのに、まだ責められ続けています。

紅のエンドレスレインさんはとてもネチネチとした人でした。闘技場でのあっさりした勝ちっぷりと対戦相手に求める握手は、営業用の顔にすぎないとわかりました。

とても陰湿で残酷な責め苦を与えています。そこらへんで拾ったやたらと足の多い虫を食べるように命令しています。

あいにく彼らに同情するような気持ちは湧いてきませんが、あまり見ていたい光景でもありません。

私は、紅のエンドレスレインさんに命じられ全裸で土下座している彼らのマントを拝借して体に羽織り、すみっこでガタガタ震えているハスパーさんたちに近づきます。

「ひっ」

彼女たちは、私から目を逸らして俯きます。

どうして顔を背けるのですかと、私は彼女たちに尋ねました。

「これは私に下った天罰なのでしょう？　あなた方はそれを見届けたかったのではないですか？」

ハスパーさんは、がちがちと歯を鳴らして、声を震わせ言いました。

「……あ、あいつらがどうしてもしたいって言うから……しかたなくて……」

私は、シスターとして本当に恥ずべき行為だと思いますが、足をおもいきり上げて――彼女の顔面を蹴りました。

「次はあなたたちに天罰が下る番です！　心して待ちなさい！」

紅のエンドレスレインさんに、もう帰りましょうと声をかけました。

ボロボロにした男たちを足元に転がし、いわゆるドヤ顔というのを彼はなさっていました。

「あれ？　やべ、俺ってキレたら記憶なくして暴れちゃうクセあるからな～。ひょっとして、また何かやっちゃいました～？」

そういうの本当にもういいんで帰りましょうと説得して一緒に帰ってもらいます。

キラックさんとハスパーさんの彼氏たちを一瞥します。ひょっとしたら再起不能ぐらいの大ケガかもしれませんが、お酒なんて飲まないで真面目に神聖力を磨いてきたシスターが回復魔法をかければ大丈夫でしょう。恋人がシスターでよかったですね。

ハスパーさんたちが一生懸命私を呼んでいますが、聞こえないふりをすることにします。

紅のエンドレスレインさんは、赤くて硬い前髪をかき上げ（上がってませんが）笑みを浮かべました。

「久々にキレちまったぜ。ま、おまえを守るためとはいえ、本気の俺を見せるつもりはなかったんだけどな。惚れ直すのは勘弁だぜ？」

本気というよりも本性を見たって感じでしたし、むしろあなたの格好よさのピークは土下座だったような気がしますが、頭を下げてお礼を言います。

「あなたのおかげで助かりました。本当にありがとうございます」

紅のエンドレスレインさんは、頬を紅色に染め笑いました。

初めて彼の照れたところを見た気がします。年相応の男の子の顔でした。

「本気を出すとあんなに強かったんですね。どうして闘技場をやめたんですか？」

「あ？　いや、やめたっていうかさ。限界見えちゃったし」

「限界？　まだ若いんですから、もっと強くなれるでしょう？」

「え、だって強くなるには努力しないといけないんだぜ？」

「だったら努力をなさってみては……」

「ありえないっしょ。なんでチート持ってるのにその上努力しないとならないのよ。そんな描写はいらないって。楽しくエッチな日常と無双イベントだけで充分じゃね？」

相変わらず彼の言っていることは意味がわかりませんが、やはり恋人としてはありえなくても、冒険のパートナーとして、ハルさんに追いつく一番の近道として、紅のエンドレスレインさんの協力は欠かせないことはわかりました。

「……明日、ルペさんにお願いしないと」

「え、何か言った？　俺、難聴系主人公だから大きな声で頼む」

「なんでもありません」

「うわ、絶対告白したよ。間違いねーよ。マジで聞いてなかったからもう一回頼むって」

あなたを戦士系の男に豚調教してくださいって相談をしようという企みを、うっかり呟いてしまっただけです。

気になさらないでください。

＊

約二週間後に、ハルさんはスモーブさんの店に帰ってきました。

私は、そんな彼女をじーっと睨んでやりました。

「なによ、まだ怒ってんの？　てゆーか言ったじゃん。あたしはあたしで森に行くけど、キヨリを連れて行かないってのは別に意地悪でなくて──」

「わかってます。私じゃ足手まといになるし、危険な目にも遭わせたくないからですよね。よくわかりました。あそこはいろんな意味で信頼できる仲間じゃないと無理だってことは」

「え、なんかあったの？」

「お気になさらず。ですが、こっちはこっちで絶対にハルさんに追いついてみせますから、どうか油断なさらず」

「何そのワイルドな感じ。あたしの知ってるキヨリと微妙にブレるんだけど。あなた誰？」

「キヨリです」

一応、私にだっていろいろあったことはありました。でもそんなのはハルさんには関係ないんで。

「なんかあったんじゃん。教えて教えて。なんかもう、知らない間にキヨリはたくましくなってるし、千葉はルペちゃんの乗ってる車を鼻フックで引っ張ってるしで、何がどうなってるのか全然わかんないんだけど」

そっちはそっちでどうなってるのか私も気になりますが、「何でもありません」と答えさせていただきます。

次に紅のエンドレスレインさんに会ったとき、体型と鼻の形が変わってそうですね。

「——キヨリは強いね」

ハルさんは、ぽつりとそんなことをつぶやきました。

私を弱いと突き放したのは誰ですか。矛盾してませんか。

そう言って詰め寄ると、ハルさんは「違う」と言いました。

「弱いから、なんて言ってない。キヨリは強いよ。ぶっちゃけたこと言うと、以前のあんたって陰キャだし真面目だし正論ばっかり押しつけて人の気持ちとか考えないし、そのくせ顔はかわいくておっぱいもでかくて自分だけ男にモテるから、ちょっと嫌いだったんだ」

「そこまでハッキリ言ってくださったのハルさんが初めてです……」

キレて記憶をなくしたい気分ですが。

でも、これまで人間関係で悩んでいた原因がわかってすっきりしました。今後はそれなりに対処をさせていただきます。

「だけどキヨリって、堅そうに見えて意外と柔軟っていうか、柔軟なのにやっぱり堅いっていうか、こっちの想像を必ず裏切ってくれるから見てて楽しいし」

「なかなか褒め言葉に到達しませんが、まだ我慢して聞いていたほうがいいですか？」

「え、今の褒めてない？」

「褒めてません。私をペットか何かだと思って見てるって話でした」

「そっか」

にしし、とハルさんは笑って、「じゃあ次までに考えておくよ」と言いました。

別に褒めて欲しいわけじゃないですけど。ハルさんが私なんかのどこが強いと思ったのか、いつか教えてほしいです。

「私は、ハルさんみたいになりたいと思ってるだけです」

なんで？　と、ハルさんは首をかしげます。

それこそ強いからですよと、私はちょっと不機嫌気味に言います。自分一人で先に進める強さが、今の私にはかなりまぶしいんですって。

だけど、ハルさんは考え込むようにして黙ってしまいました。

「……あたしは結構、うじうじして立ち止まるタイプだよ」

そして、森の中でのことを教えてくれました。

魔物と戦うのに怖くなかった。ウィッジクラフトさんやその仲間はとても慣れていたし、慎重だったし、全員が強かった。彼らも初めて足を踏み入れる領域を越えても、決して焦ることはなかったし確実に魔王城に近づいていた。

でも、そこでハルさんが足を止めた。それ以上進むことを拒んだ。

魔王が見える場所まできて、怖くなったんだそうだ。

「そりゃ怖いのは当たり前ですよ。ハルさんのせいじゃないです。魔王はこの世界で最強最悪、人類と神様の敵で、冷酷な悪魔――」

「そうじゃない。そんなんじゃないよ、あの人は」

「あの人？」

「ごめん。これ以上は言えない。本当に言えない。怖いの。本当のことを知るのが」

ハルさんは、「雨が降ってたから」と言って、涙を落としました。

「冷たい雨なの。すごく。きっと何百年も前から一度もやんだことのない雨。あれは、きっとあの人の――」

それ以上は、何を言っているのかわかりませんでした。苦しそうに喉を引きつらせてハルさんは泣きます。

どうしていいのかわからなくて、彼女を抱きしめました。その華奢な背中に触れたとき、自分の言ったことに後悔の念が襲ってきて私も泣きました。

ここに飽きたんじゃないか、なんて、どうしてそんな無神経なことを言えたんだろう。

こんなに一生懸命、ここで生きている人なのに。

「いやいや、ごめんね」

目に涙をためたままで笑って、ハルさんは帰って行きました。

私も謝りましたが、「キヨリが謝る話じゃないじゃん」ってハルさんは取り合ってくれなくて、お互いなんだか謝り疲れしてしまって、そのままバイバイしちゃいました。

でも、教会に行く元気もなくて（あ、そういえばハスパーさんたちは破門になりました。お気の毒ですね）、カウンターに移ってスモーブさんにお茶を淹れてもらいました。

*

ハルさんがいないので有料茶ですが、最近は一人でお茶を飲むのも平気になってきましたので、時々自分だけゆっくりさせてもらってます。

この席からは、ちまちました料理を研究するスモーブさんもすぐ近くに見えました。

「いつも熱心ですよね」

新しいケーキを考えているという彼の邪魔にならないよう、手が止まったときに話しかけます。

スモーブさんは、ににかむように笑って、「仕事なんで」とまた作業を再開します。

前は家の仕事を嫌がって手伝いもしなかったと聞いています。ハルさんが来るから厨房に立つようになり、彼女がいろいろ注文のうるさい客だから自然と熱心になっただけだということは、この店のマスターであるスモーブさんのお父様から常連のお客さんまで知っていることです。

その彼も、さっきのハルさんの涙を見ているはずでした。

おそらくは、私たちの知らない他の男性のために泣いている彼女を。

「……そのケーキも、ハルさんに食べてもらうために作ってるんですか？」

私はまたひょっとして空気の読めないことを言っているのかもしれないなと思いつつ、やっぱり知りたいことはちゃんと聞きたいのでスモーブさんに尋ねます。

「そ、そうですね」

仕事の邪魔をしている私に、モゴモゴと、手を止めないでスモーブさんは答えてくれました。

「でも、ハルさんがおいしいって言ってくれたものは、他のお客さんにも喜んでもらえる味なんで。女の人でも楽しんでもらえる料理ってきっと誰も作ったことないはずだから、自分が、一番の料理人になれるって……その、ハルさんが言ってくれたんで……」

言っているうちに恥ずかしくなったのか、最後のほうは全然聞こえないくらい小さい声でした。

私は、ついつい言ってしまいます。余計なことを。

「ハルさんの一番にはなれなくてもですか？」

スモーブさんは、顔を上げました。

私の失礼な質問に彼は怒るでもなく、何を言うでもなく、ただ困ったように笑いました。真っ白い指で、ほっぺたにも粉をつけてしまいます。黙ったまま、あいまいに頷いて仕事に戻りました。

私もお茶をいただきながら、彼の仕事を見ています。

太くて大きな手が繊細なケーキの飾りを作るところを。お皿の上にソースで模様を描くところを。

ふと、この指がハルさんを抱いてるってことを思い出して——腰のあたりが、ぞくっとしました。

＊

とまあ、こんなところが最近のあたしの周り。

時々落ち込んだりもするけど、毎日エロいこととしてまーす。

エロいこと言えば、なんか近頃キヨリが一人でスモーブ食堂に入り浸ってる。しかもスモーブを見る目が微妙にエロいんじゃないかって、ルぺちゃんと二人で監視してる。あれは面白いことになるかもよ。

森にはあれから行ってない。

ウィッジさんはたまに誘ってくるんだけど、まあ、ちょっとね。

いつかは行くけど、ウィッジさんたちとは目的違うかもしれないから、別のメンバー揃えてからにするかもしれない。あたしの背中を預かりたい相棒を募集中だ。

焦ったりはしてない。魔王と会うにはレベルがまだ足りないこともわかってる。自分がまだ子どもだってこともね。

あ、あと、久しぶりに神様が来た。

あたしが値上がりしていることに文句を言いながら抱いて、そんで終わったらさっさと帰ろうとするからぶん殴ってやった。

シクラソさんはどうしてるのか。おまえの責任で一〇〇パーセント無敵に幸せな来世と来来世と来来来世は用意してやったんだろうなと、首を絞めながら聞いたんだ。

『来来世までは知らないけど、シクラソはもう自分が転生するときの母親は選び終えてるよ』

そうか。

ならばそいつは金持ちなのか優しいのか美人なのか母親として最大級のモラルと教養と責任感はあるのかとさらに迫ったら、『いやあ』と神様はバカにするように笑った。

『たぶん一生貧乏だし、モラルや教養なんて面では特に危険な物件だと思うけどね。でも彼女自身は幸せになれると確信しているみたいだ』

えー。大丈夫なのそいつ？　シクラソさんって、そういう大事なことも適当に選んじゃう人だから心配。絶対幸せになってもらわないとやだからねホント。

だったら神様がこれからも責任を持ってシクラソさんとそのバカ母を見守れと命じた。

神様は『ぶぼっ』と汚く吹き出すと、『はいはい』とまたバカにするように笑って帰っていった。

『じゃあ、またちょくちょく様子を見に来るよ』

来んなバーカ。死ねよ神。

肉食ったあとの骨を投げつけて神様を追い出してから、あたしはお星様に彼女の来世の幸せを祈った。

ついでにこの世界のみんなも幸せになれますように。元世界のみんなも幸せでありますように。

そして、この祈りが神様以外の頼りになる人のとこに届きますようにっと。

以上、異世界よりハルでした！

このたびは、本書を手にとっていただきありがとうございます。あるいは、あなたのデバイスで開いていただきありがとうございます。

『JKハルは異世界で娼婦になった』は、二〇一六年にwebで公開したものです。大人の女性向け作品として、閲覧年齢を限定したサイトに掲載していました。

それが翌年、SNSでややバズったのをきっかけに、本になり、ラーメンになり、マンガになり、今回あらためて文庫版として出版させていただくことになりました。

初稿は、今もwebに置いてあります。多くのweb発小説がそうであるように全篇を読むことができます。

これ、本を買う前にあとがきを読むタイプの人には耳よりな情報だと思います。無料で読めるんですよ。でも、できればこのままレジまで連れてってもらえると助かります。

ところで調べたわけではないのですが、ネット黎明期の個人サイトからケータイ小説ブームを経て、数多くの投稿サイトが簡単に利用できる今は、最も「小説を書いたことがある」人が多い時代じゃないでしょうか。

誰でも自分のアカウントを持って発言し、様々な形態の作品を発信するのが当たり前になりましたが、文章が一番自由度の高い表現だというのはまだしばらく変わらないと思います。

世界がいくつあってもいいし、敵が何億いようが一人で戦っていいし、何もしなくてもいい。好きに書いていいわけです。

あとは気に入った場所に置いて、運よく読者に巡り会えれば、その日から誰でも小説家です。最高ですよね。

これからも小説家は増え続けるでしょう。自分もその中の一人として、今後もどこかで自由に書いていると思います。

ハルの続きを書いているかもしれませんし、名前を変えて隠れているかもしれませんし、ひょっとしたらまた書店に並べてもらえるような何かを書いているかもしれません。

どこでもいいです。また読者になってください。

最後に、この小説が文庫になるまで関わってくださった方々に謝意を。

投稿サイトやSNSで感想をくれた皆さん、「番外篇」のイラストをくれた鈴蘭さん。801ちゃん、高殿円先生。単行本・文庫のカバーを作ってくれたデザイナーの楠目さん、単行本版のイラストレーターのshimanoさん。ラーメンでコラボして紹介動画も作ってくれた千葉県千葉市の麺処まるわさん。J-Novel Clubさん、青文出版さん。文庫版のカバーイラストを描いてくださった漫画家の山田J太先生。山田先生にはJKハルの続篇『summer』のカバーイラストの他、新潮社より刊行の漫画版も担当していただいています。とても素敵な絵で面白い漫画にしていただいていますので、ぜひこちらもご一読お願いします。

そして早川書房の皆さん、フリーになられてからも担当を続けてくれた高塚さん。

ありがとうございました。

ちょっと最高すぎますよね、この本。

二〇一九年十月

平鳥コウ

本書はウェブ上に掲載された物語に加筆修正を加えて単行本として刊行した作品を文庫化したものです。フィクションであり、実在する人物、団体などとは一切関係ありません。

また、本書は異世界の物語です。著者に青少年保護育成条例を否定する意図はございません。その点をご理解いただけますよう、お願い致します。

# know

野﨑まど

超情報化対策として、人造の脳葉〈電子葉〉の移植が義務化された二〇八一年の日本・京都。情報庁で働く官僚の御野・連レルは、あるコードの中に恩師であり稀代の研究者、道終・常イチが残した暗号を発見する。その啓示に誘われた先で待っていたのは、一人の少女だった。道終の真意もわからぬまま、御野はすべてを知るため彼女と行動をともにする。それは世界が変わる四日間の始まりだった。

# BLAME! THE ANTHOLOGY

原作 弐瓶 勉
九岡 望・小川一水・野﨑まど
酉島伝法・飛 浩隆

無限に増殖する階層都市を舞台に、探索者・霧亥《キリイ》の孤独な旅路を描いたSFコミックの金字塔、弐瓶勉『BLAME!』を、日本SFを牽引する作家陣がノベライズ。九岡望による青い塗料を探す男の奇妙な冒険、小川一水が綴る珪素生命と検温者の邂逅、酉島伝法が描く〝月〟を求めた人々の物語、野﨑まどが明かす都市の片隅で起きた怪事件、飛浩隆による本篇の二千年後から始まる歴史のスケッチなど、全5篇を収録

ハヤカワ文庫

# 裏世界ピクニック
## ふたりの怪異探検ファイル

宮澤伊織

仁《に》科鳥子《しなとりこ》と出逢ったのは〈裏側〉で〝あれ〟を目にして死にかけていたときだった——。その日を境にくたびれた女子大生・紙越空魚《かみこしそらを》の人生は一変する。実話怪談として語られる危険な存在が出現する、この現実と隣合わせで謎だらけの裏世界。研究とお金稼ぎ、そして大切な人を捜すため、鳥子と空魚は非日常へと足を踏み入れる——気鋭のエンタメ作家が贈る、女子ふたり怪異探検サバイバル！

ハヤカワ文庫

# 富士学校まめたん研究分室

芝村裕吏

陸上自衛隊富士学校勤務の藤崎綾乃は、優秀な技官だが極端な対人恐怖症。おかげでセクハラ騒動に巻き込まれ失意の日々を送っていた。こうなったら己の必要性を認めさせてから辞めてやる、とロボット戦車の研究に没頭する綾乃。謎の同僚、伊藤信士のおせっかいで承認された研究は、極東危機迫るなか本格的な開発企画に昇格し……国防と研究と恋愛の狭間で揺れるアラサー工学系女子奮闘記！

ハヤカワ文庫

# リライト

法条　遥

一九九二年夏、未来から来た少年・保彦と出会った中学二年の美雪は、旧校舎崩壊事故から彼を救うため十年後へ跳んだ。二〇〇二年夏、作家となった美雪はその経験を元に小説を上梓する。夏祭り、時を超える薬、突然の別れ……しかしタイムリープ当日になっても十年前の自分は現れない。不審に思い調べる中で、美雪は恐るべき真実に気づく。ＳＦ史上最悪のパラドックスを描くシリーズ第一作

# ヤキトリ1

## 一銭五厘の軌道降下

カルロ・ゼン

地球人類全員が、商連と呼ばれる異星の民の隷属階級に落とされた未来世界。閉塞した日本社会から抜け出すため、アキラは惑星軌道歩兵――通称ヤキトリに志願する。米国人、北欧人、英国人、中国人の４人との実験ユニットに配属された彼が直面したのは、作戦遂行時の死亡率が７割というヤキトリの現実だった……『幼女戦記』のカルロ・ゼンが贈るミリタリーＳＦ新シリーズ、堂々スタート！

# 我もまたアルカディアにあり

江波光則

世界の終末に備えると主張する団体により建造されたアルカディアマンション。そこでは働かずとも生活が保障され、娯楽を消費するだけでいいと言うが……創作のために体の一部を削ぎ落とした男の旅路「クロージング・タイム」、大気汚染下でバイクに乗りたい男と彼に片思いをする少女の物語「ラヴィン・ユー」など、鬼才が繊細な筆致で描く、閉塞した天国と開放的な煉獄での終末のかたち。

著者略歴　北海道生，作家。本作でデビュー

HM=Hayakawa Mystery
SF=Science Fiction
JA=Japanese Author
NV=Novel
NF=Nonfiction
FT=Fantasy

# JKハルは異世界《いせかい》で娼婦《しょうふ》になった

〈JA1404〉

二〇一九年十一月十日　印刷
二〇一九年十一月十五日　発行

（定価はカバーに表示してあります）

著者　平《ひら》鳥《とり》コウ
発行者　早川浩
印刷者　草刈明代
発行所　株式会社　早川書房

郵便番号　一〇一‐〇〇四六
東京都千代田区神田多町二ノ二
電話　〇三‐三二五二‐三一一一
振替　〇〇一六〇‐三‐四七七九九
https://www.hayakawa-online.co.jp

乱丁・落丁本は小社制作部宛お送り下さい。
送料小社負担にてお取りかえいたします。

印刷・中央精版印刷株式会社　製本・株式会社明光社

ISBN978-4-15-031404-0 C0193



本書は活字が大きく読みやすい〈トールサイズ〉です。